Harald vom Hofe, geboren 1964, ist promovierter Biologe, Physiotherapeut, Osteopath und Heilpraktiker. Er führt eine eigene Praxis in einer mittelalterlich geprägten Stadt in Niederbayern.

Für Barbara, Ludwig, Franziska, Theresa

Harald vom Hofe

Das Geheimnis der Damaszener Rose

und andere Erzählungen

© 2021 Harald vom Hofe
Lektorat, Korrektorat: Beate Fischer
Umschlagbild: Adobe Stockfotos

Verlag und Druck:
tredition GmbH, Halenreie 40-44, 22359 Hamburg

ISBN
Paperback: 978-3-347-33973-6
Hardcover: 978-3-347-33974-3
e-Book: 978-3-347-33975-0

Inhalt

Wilhelm

Mit einem Ruck sitzt Wilhelm aufrecht im Bett. Schwer atmend und mit zittrigen Händen zieht er die Decke bis zum Kinn. Ihn fröstelt, obwohl Hände und Stirn feucht sind vom Schweiß. Irgendetwas Schlimmes war geschehen, hatte ihn im Schlafe erschreckt. Bleich scheint der Mond durch das Fenster und taucht die Gegenstände in ein bläuliches, geisterhaftes Licht. Unruhig läuft sein Blick durch das Zimmer, bleibt an seinen Kleidern hängen. Das Hemd, unordentlich über die Stuhllehne geworfen, seine Hose, am Boden liegend.

Da war es wieder! Kurz flackert es vor seinem inneren Auge auf, dieses Gesicht. Wilhelm erschauert. Nein, das ist kein Traum, das ist kein Gespenst, kein Ungeheuer, wie sie manches Mal in seinen Träumen auftauchen. Er kennt diese Träume, oh ja! Als er noch kleiner war, besuchten sie ihn häufig. Dann war er in das elterliche Schlafzimmer getrippelt, zur Mutter ins Bett geschlüpft, hatte sich eng an sie geschmiegt. Die Mutter war meistens gar nicht richtig wach geworden, hatte wie schützend den Arm um ihn gelegt, hatte etwas im Halbschlaf gemurmelt und ihn damit beruhigt. Die wohlige Wärme, der vertraute Geruch, das ruhige Atmen der Mutter hatten ihn stets alsbald wieder in den Schlaf gewiegt.

Aber heute ist es anders. Der Weg zur Mutter ist ihm versperrt. Er hatte etwas Verbotenes getan. Zudem ist er mit seinen 14 Jahren schon zu alt, um noch zur Mutter unter die Decke zu kriechen.

Aber was war denn Schlimmes geschehen, was konnte ihm, Wilhelm, einen solchen Schreck einjagen? Er fühlt wieder, wie das Bild langsam heraufkriecht, tief aus dem Inneren herauf, bis in seinen Blick, in seine Augen hinein. Und wieder jagt ein Schauer über seinen Rücken. *Denk nach, Wilhelm, denk an etwas Schönes! Du glaubst doch nicht mehr an Geister, an Ungeheuer.*

Er versucht, sich an etwas Schönes zu erinnern, sich abzulenken von diesem Bild, das da in ihm hochkriecht, und das ganz und gar von ihm Besitz zu ergreifen droht. Gewaltsam richtet er seine Gedanken auf den vergangenen Tag. Richtig, er hatte einen sehr seltenen Falter entdeckt, gleich hinter dem Haus, in ihrem kleinen Garten. Diesen großen, weißen mit den geschwungenen Hinterflügeln, die zu langen Spitzen ausgezogen sind. Froh über dieses schöne Bild, das sich nun vor seinem inneren Auge entfaltet, legt er sich auf die Seite, zieht sich die Decke bis über die Schultern und gibt sich diesem neuen Gedanken hin. Er kennt diese Art Schmetterling von den Hängen über der Stadt. Schon als kleiner Junge war er fasziniert von den Faltern, von den Bienen und Hummeln, den vielen bunten Blumen, die auf den Wiesen dort zu finden sind. Er konnte diesen Gauklern stundenlang zusehen, wie sie von Blüte zu Blüte flogen, sich nie richtig niederließen, nie richtig zu fassen waren. Oh, oft hatten ihn seine Eltern ermahnt, endlich weiterzugehen, bei ihnen zu bleiben, wenn sie hoch über der Stadt bei der Burg, der Landeshut, spazieren gingen. Gestern aber hatte er diesen Falter zum ersten Mal zu Hause, in ihrem kleinen Garten, fliegen sehen.

Gleich nach dem Kampf mit den elenden Buchstaben und Büchern, den er, von einem unerbittlichen Lehrer überwacht, täglich auszufechten hatte, war er aus dem Haus gestürmt, vorbei am kühlen Brunnen in das kleine, von hohen Mauern umgebene Geviert. Zu dieser Tageszeit staut sich dort die Hitze, wird gleichsam fassbar und verdoppelt, ja, vervielfacht die Intensität der Düfte des Gemüses, der Blumen, des jungen Bäumchens zwischen den Beeten. Er liebt dieses kleine, abgeschlossene Reich, das so abgeschieden von der übrigen Stadt, vom Treiben, vom Lärm, von der stickigen Luft, den penetranten Gerüchen liegt. Und dort hatte er ihn entdeckt. An der wild aufgegangenen, gerade frisch erblühten Rose hing er kopfunter an seinen filigranen Beinchen und stocherte eifrig mit seinem langen Rüssel in der Blüte herum. Wilhelm war sofort stehengeblieben, hatte sich, den heftigen Atem bezwingend und tief in diesen schönen Anblick versunken, langsam auf den Schmetterling zubewegt. Doch schon flog der Falter erschrocken auf, gaukelte kurz über dem Rettichbeet, als ob er etwas suchen würde, und flog dann mit hastigen Flügelschlägen über die hohe Mauer davon. Die Bewegung weckte Wilhelm wie aus einer tiefen Betäubung und sogleich rannte er durch das Haus auf die Straße, um dieses Erlebnis Friedrich zu erzählen, seinem Freund aus der Nachbargasse.

Friedrich! Und plötzlich steht es wieder vor ihm, dieses Bild, das Entsetzen in diesem Gesicht, die Angst im weit aufgerissenen rechten Auge, das Blut über dem linken. Wilhelm schießt in die Höhe. Er zittert am ganzen Körper. Er kennt dieses Gesicht, ganz klar erscheint es nun vor ihm, das schmale, von diesen zwei schwarzen Locken eingerahmte Antlitz, der lange Bart. Aber er will es nicht sehen, es jagt ihm Angst ein. Und überhaupt, was hat dieses Bild mit Friedrich zu tun? In einer großen Anstrengung wendet sich Wilhelm ab von diesem Bild, richtet seine Gedanken auf Friedrich, seinen besten Freund. Richtig, er hatte ihm von dem Schmetterling erzählt. Dann waren sie in der Stadt umhergestreift, bis beide nach Hause gehen mussten. Beim Abschied hatten sie sich verabredet. Sie wollten wieder einmal einen nächtlichen Stadtrundgang wagen. Der Abend war so lau, sie wussten, sie würden sowieso nicht schlafen können. Und da hatte Friedrich vorgeschlagen, später, nachdem die Eltern sie ins Bett geschickt hatten, heimlich auszubüchsen und durch die nächtliche Stadt zu streifen wie sie es schon so manches Mal getan hatten.

Da ist es nun, das Verbotene, Wilhelm fühlt es sehr deutlich. Aber es jagt ihm jetzt keinen Schrecken ein. Zwar würgt ihn ein wenig das schlechte Gewissen, doch beruhigt er sich damit, dass andere Jungen das auch tun. Und schließlich ist ja noch nie etwas passiert. Vor etwas Anderem dagegen graut ihm zutiefst. Er traut sich nicht, weiterzudenken. Er weiß, dann würde dieses Bild wieder vor ihm stehen. Aber es hilft nichts, an Schlaf ist eh nicht mehr zu denken. Wilhelm steht vom Bett auf, nimmt das Hemd vom Stuhl und streift es sich über. Wenn er schon wach ist, würde ihn nun wenigstens nicht mehr so frösteln. Er kriecht wieder unter die Decke, lehnt sich sitzend an das große Kissen und umschlingt seine Knie mit beiden Armen. Wie still es doch ist zu dieser Stunde. Hatte er den Nachtwächter schon einmal rufen hören? Er kann sich nicht entsinnen. Die Eltern liegen nebenan in tiefem Schlummer. Er hätte weiß Gott was gegeben, jetzt mit seiner Mutter, ja, sogar mit seinem Vater reden zu können. Doch dann hätte er zugeben müssen, dass sie von Zeit zu Zeit in der Nacht die Stadt erkunden, Dinge tun und Dinge sehen, die für Jungen in ihrem Alter noch nicht erlaubt sind. Nein, das geht nicht! Dieser Schritt ist ihm verwehrt. Er muss ganz alleine mit dieser Angst fertig werden.

Also gut. Zunächst war alles glatt gelaufen. Nach dem Abendbrot war er in sein Zimmer gegangen, hatte sich in sein

Bett gelegt, die Kleider jedoch nicht ausgezogen. Nach einer Weile hatte er an den Geräuschen gemerkt, dass seine Eltern nun in der Stube zur Ruhe gekommen waren. Sein Vater kopiert am Abend oft noch einige seiner Schriften. Zu dieser späten Stunde findet er meist die nötige Ruhe und kann sich ganz dem Kalligraphieren hingeben. Die Mutter strickt derweil oder häkelt. Sie würden auch an diesem Tag noch eine Stunde oder zwei zusammensitzen, bevor sie ins Bett gingen, da war sich Wilhelm sicher. Dies war der Zeitpunkt, auf den er gewartet hatte. Aber er musste vorsichtig sein. Behutsam und leise, die Schuhe in der Hand, schlich er auf den Gang und horchte eine Weile. Es war nichts Verdächtiges zu hören. Jetzt kam der schwierige Teil: die Holztreppe. Langsam tastete er sich im Dunkeln die Stufen hinab. Er wusste genau, wohin er treten musste. Die vierte und die siebte Stufe waren diejenigen, die knarzten. Unten angekommen, war es schon fast geschafft. Durch die Küche konnte er schneller gehen, denn zwei Zimmer trennten sie von der Stube. Leise schloss er die Dienstbotentüre auf. Dann war er im Freien. Noch ein letztes leises Knarren, schon hatte er die Türe abgesperrt. Den Schlüssel tief in der Hosentasche lief er, noch barfuß, auf die Straße zum vereinbarten Treffpunkt.

Friedrich war noch nicht da. Während Wilhelm wartete, überlegte er sich, was sie beide heute anstellen konnten. Am liebsten saßen sie in der dunklen Ecke zwischen der Stadtmauer und dem Westzimmer der Schänke. In der Schänke ging es um diese Zeit meist schon recht rau zu. Wenn sie Glück hatten, konnten sie einem Streit oder einer Rauferei beiwohnen. Doch allzu lange dauerten diese Auseinandersetzungen meist nicht, da kam schon der Stadtbüttel, um die Streithähne zu trennen. Auch Wilhelm und Friedrich mussten höllisch aufpassen, dass sie nicht entdeckt wurden, denn der Büttel strich zu dieser Stunde gerne um die Schänke. Ja, so eine Schlägerei wäre schon was. Aber kaum hatte sich Wilhelm dieser Fantasie hingegeben, kam auch schon Friedrich gelaufen.

„Was'n los? Du schnaufst ja wie a Pferd", rief ihm Wilhelm zu.

„Ja, du. Ich komm grad aus der Steckengasse und hab gsehn, wie die Leut Richtung Marktplatz laufn. Und auch von den andern Gassn laufens zum Markt. Komm! Da muss irgendwas los sein."

„Beim Markt? Aber der hat doch schon gschlossn!"

„Natürlich hat er schon gschlossn, aber irgendwas ist los. Vielleicht gibt's a Feuer oder einen grossn Streit. Kommst jetzt? Oder magst da hockn bleiben?"

„Natürlich komm ich, aber vorsichtig müss ma sein. Du weißt scho, wenn mein Vater des erfährt!"

„I pass schon auf, dass uns keiner sieht."

Vorsichtig, sich immer im Dunkeln haltend, liefen die beiden die Schirmgasse entlang bis zur Metzgerecke, wo sie einen guten Überblick über den Marktplatz hatten. Dort hatten sich schon einige Leute eingefunden, die wild gestikulierten und durcheinanderredeten. Sie standen um zwei Männer herum, die anscheinend den Mittelpunkt darstellten. Wilhelm erkannte nur den einen. Es war der Metzger Hias, ein baumlanger grobschlächtiger Typ, der die Menge um Kopfeslänge überragte. Der Hias war stark wie ein Ochse. Mit einer Axt in seinen klobigen Händen konnte er mit einem einzigen Schlag eine Sau in zwei Teile hauen. Er redete, erregt mit den Händen fuchtelnd, auf jemanden ein, den Wilhelm aber nicht erkennen konnte. Plötzlich fühlte er eine Bewegung hinter sich. Erschrocken drehte er sich um. Doch es war nur der Metzgerjunge, der Sohn vom Hias, zwei Jahre jünger als

Wilhelm.

„Franz, was machst denn du so spät noch heraußen?", fragte Wilhelm. Der Franz lachte nur. „I bin oft um die Zeit noch vor unserer Metzgerei und schau mir des Treiben auf dem Marktplatz an", erwiderte er.

„Und was ist heut los? Warum schreien de Leut so furchtbar?"

„Ja wisst ihr des ned? Heut ist doch der Dandlerjackl kommen, am Abend noch, kurz bevor die Stadttore gschlossn ham."

„Ja, den Jackl kennen wir schon. Aber was hat des Geschrei zu bedeuten?"

„Aber der Jackl hat doch von der Pest erzählt, die im Rheinischen ausbrochn ist. A große Stadt hat's da erwischt. Und die Juden waren schuld. Und dann haben's die Juden aus de Häuser zogn und auf der Strassn derschlagn."

Wilhelm pfiff leise durch die Zähne. Das also war der Grund für den Aufruhr.

Er blickte zurück zur Menschenmenge auf dem Marktplatz. Dort hatte sich eine Veränderung ergeben. Sie hatte sich in Bewegung gesetzt. Es waren immer mehr Menschen hinzugekommen, einige hatten Fackeln bei sich, welche die ganze Szenerie in ein unwirtlich gelbes Licht tauchten. Die Menge, allen voran der Metzger Hias und, jetzt erkannte ihn Wilhelm auch, der Dandlerjackl marschierten die Hauptstraße hinauf Richtung Judenviertel.

„Kommt's, da müss ma dabei sein", rief der Franz und lief auf den Marktplatz hinaus.

„Ich weiß net", sagte Wilhelm. „Ob wir net gscheiter wieder

heimgehen?"

„Ach Wilhelm, du mit deiner Angst immer. Wenn der Franz da mitgeht, können wir zwei scho lang mit", erwiderte der Friedrich und war auch schon hinter dem Franz hergelaufen. Also rannte auch Wilhelm hinter den beiden Buben her und mischte sich unter das Volk. Keiner beachtete sie. Die Leute waren viel zu aufgebracht. Sie schrien durcheinander, Männer wie Frauen ballten die Fäuste, schüttelten die Köpfe. Auch Kinder waren dabei. So sehr sich Wilhelm auch anstrengte, er konnte aus diesem Geschrei kaum einen zusammenhängenden Satz heraushören. Nur Wortfetzen wie: „De Juden sind schuld!", „Judenpack!", „Wir wollen keine Pest!", „Des hab ich scho immer gsagt!", „Schützt unsere Kinder vor der Pest!"

Er hatte zwar schon von der Pest reden hören, was genau diese Krankheit aber ausmacht, davon hatte er keinen Begriff. Die einen sagten, es sei die Strafe Gottes. Aber wofür? Die anderen meinten, die Pest käme aus dem Wasser, und hörten auf, sich zu waschen. Gut. Nun waren also die Juden schuld. Damit konnte Wilhelm nichts anfangen. Er war kaum jemals in das jüdische Viertel gekommen. Die Juden sahen zwar eigenartig fremd aus und manch einer schimpfte auch über sie, aber Wilhelm waren sie schon immer eher verschreckt als gefährlich vorgekommen. Er gab es auf und hörte nicht mehr auf das Geschrei. Er fragte sich nicht mehr, warum oder wieso. Er hörte auf zu denken und genoss es einfach, in dieser Menge zu sein, Seite an Seite mit Leuten, die er kannte, mit dem großen Metzger Hias als Anführer. Berauscht ließ er sich mitreißen.

Ruckartig hebt Wilhelm den Kopf, starrt in die Dunkelheit. Stille herrscht um ihn her. Ja, er erinnert sich noch sehr genau an dieses Gefühl, ein Gefühl der Stärke, ein Gefühl der Macht. Es war erhebend gewesen. Zum ersten Mal in seinem Leben hatte er eine Ahnung davon bekommen, was Menschen erreichen konnten, wenn sie eines Sinnes waren, wenn sie nicht untereinander stritten, sich nicht gegenseitig blockierten. Wilhelm legt den Kopf auf seine Knie, kraftlos lässt er die Bilder weiterströmen.

Vereint unter einem Gedanken marschierten sie, dicht an dicht. Wie ein großes Tier wogte die Menge die Hauptstraße hinauf, vielfüßig, vielstimmig, unaufhaltsam. Wilhelm und Friedrich genossen das Wogen in dieser Masse sichtlich. Sie fühlten sich nicht wie Jungen, sie waren dabei, richtig dabei, nicht nur geduldet, wie so oft, sondern Teil einer Gemeinschaft, Teil des Ganzen. Und da hörte Wilhelm auch den Friedrich begeistert neben sich schreien: „Judensau. Schlagt sie tot, die Juden! Keine Pest in unserer Stadt!" Ehe er sich noch darüber wundern konnte, warum denn Friedrich etwas gegen die Juden habe, wurde er von diesem am Arm gepackt und auch schon mitgezogen. Klein, wie sie waren, schlüpften sie zwischen den Leuten hindurch und kamen so fast direkt hinter dem Hias zu marschieren. Groß ragte der Hias vor ihnen auf, kraftvoll, ein Hüne, schritt er ihnen voran. Wilhelm musste ihn bewundern, diese Kraft, diese Urwüchsigkeit. Und obwohl er den Hias eigentlich nicht mochte, zu grob waren dessen Züge, zu brutal gebärdete er sich mit Tier und Mensch, war er doch froh, gerade ihn als Anführer vor sich zu wissen. Keiner würde sich dem Hias entgegenstellen, alles würde dieser mit seinen klobigen Händen zerschmettern. Als der Zug sich durch das Judentor wälzte, wurde er etwas gebremst. Aber kaum waren sie durch das Tor geschritten, befanden sie sich auch schon mitten im Judenviertel.

Trotz Hemd und Decke fröstelt es Wilhelm erneut. Er blickt auf. Schweißperlen stehen auf seiner Stirn. Er fühlt sich kalt und leer, hat Angst weiterzudenken. Er weiß, dann würde es wieder erscheinen, dieses grausige Bild, dieses Gesicht mit dem schrecklich geschwollenen linken Auge, dem Blut, dem entsetzten Blick aus dem gesunden Auge. Er erkennt jetzt genau, wen dieses Bild zeigt. Es ist der Jude Stern. Nein! Nicht weiterdenken, nicht an das Kommende. Wie war das noch? Da war doch auch etwas Gutes, etwas Schönes in seinen Gedanken gewesen. Krampfhaft denkt er an den Marsch zurück. Ja, der Marsch, da war noch alles in Ordnung gewesen. Und er spürt es wieder, dieses erhebende Gefühl, das er empfunden hatte, den Stolz, bei etwas Wichtigem dabei zu sein, Gemeinschaft, Brüderlichkeit. Alle waren dabei gewesen, Junge, Alte, Frauen, auch viele Kinder. Keiner hatte sich darum geschert, dass die beiden Buben schon längst ins Bett gehörten. Kurz muss Wilhelm darüber lächeln.

Aber schon strebt es aus der Tiefe seiner Seele empor, gewaltig, unaufhaltsam. Wilhelm fühlt es kommen, er kann es nicht länger unterdrücken, darf es nicht länger unterdrücken. Mit aller Macht steht sie nun vor seinem geistigen Auge, diese ganze gespenstische Szenerie. Wilhelm schluckt.

Sie waren auf einem kleinen Platz angekommen, der eingerahmt wurde von der Synagoge und dem Fleischhaus auf der einen und einer geschwungenen Reihe eng aneinander stehender Häuschen auf der anderen Seite. Schon früher hatte sich Wilhelm kaum vorstellen können, dass in diesen kleinen Häuschen Familien mit fünf, sechs, ja acht Kindern wohnen sollten. Überall verteilt lag Baumaterial herum, Steine verschiedener Größe, aufge-

schichtetes Holz. Hier wurde gebaut, das sah man. Das Judenviertel war ja ständig dabei, sich zu vergrößern. Die Menge teilte
sich jetzt, die Leute schweiften links und rechts über den Platz
und bildeten so einen großen Halbkreis, dessen eine Seite die
Häuserreihe bildete. Wilhelm konnte zunächst nicht erkennen,
warum sich die Menschenmasse geteilt hatte. Von allen Seiten
züngelten die Fackeln, tauchten den Platz in ein unwirtliches
Licht. Schatten wanderten umher. Auch war es sehr still geworden. Je näher man dem Judenviertel gekommen war, desto ruhiger wurden die Leute. Das Schreien hatte ganz aufgehört. Viele
tuschelten nur noch und beobachteten, was denn nun kommen
würde.

Und da entdeckte Wilhelm die beiden. Sie standen in der
Mitte bei den Holzstapeln, der Stern und daneben, ja, das musste
sein Weib sein. Eine junge Frau mit schwarzem, dichtem, locki-
gem Haar, das nun allerdings unter einer Haube verborgen war.
Wilhelm hatte sie schon oft auf dem Markt gesehen. Die beiden
hatten wahrscheinlich noch etwas aufgeräumt und waren dabei
überrascht worden. Verwunderung stand in Sterns Gesicht geschrieben. Er war nicht sehr groß von Gestalt, hatte diesen langen
Kaftan übergezogen und die Kippa auf dem Kopf, die, bis auf die
beiden langen schwarzen Locken, fast die ganzen Haare be-
deckte. Der dichte, schwarze Bart rahmte die gesamte untere Gesichtshälfte ein.

„Was ist denn los?" Unsicher ging er auf den Hias zu, der ein
paar Schritte vor ihm stehengeblieben war. „Ist was passiert?"
Doch der Hias antwortete ihm nicht.

„Komm, lass uns nach Hause gehen!" Die Frau nahm den
Stern bei der Hand und wollte mit ihm davongehen. Da schritt
der Hias auf die beiden los. „Nix da! Da bleibts, ihr beiden!"

„Ja, aber was ist denn los? Wir haben nichts gemacht", verteidigte sich Stern.

„Noch habts nix gmacht!", fuhr ihn der Hias an. „Aber mia werdn ned warten, bis ihr die Pest bei uns eingschleppt habts, wia im Rheinischen", drohte er und fuchtelte mit seiner Faust vor dem Stern herum. Wilhelm konnte den Hias nur von hinten sehen, doch musste er einen sehr feindseligen Ausdruck angenommen haben, denn Stern erschrak sichtlich. Auch begannen die Leute zu murren, lauter und lauter. Einige aus der Menge johlten und pfiffen sogar, andere bewegten sich drohend auf die beiden in der Mitte zu. Jetzt bekam es der Stern mit der Angst zu tun.

„Wieso die Pest?", stammelte er langsam zurückweichend.

„Du weißt schon, was I mein!", schrie der Hias, machte einen schnellen Schritt, packte den Stern am Kaftan vor der Brust und zog ihn ganz nah zu sich heran. Er hob ihn fast in die Höhe. Wilhelm konnte nur Sterns erschrockenes Gesicht sehen und wie er versuchte, sich mit seinen Händen aus diesem Griff zu befreien. Plötzlich machte es laut „klatsch" und der Hias schleuderte den Stern von sich, wie er wohl zuweilen eine Sau auf den Boden schmiss. Mit einem großen Satz war Sterns Frau herbeigesprungen und hatte dem Hias, weit ausholend, mit der flachen Hand in das Gesicht geschlagen. Wilhelm stand wie gebannt ob dieser Entschlossenheit, diesem Mut, dem um zwei Köpfe Größeren diese Ohrfeige zu verpassen. Schön sah sie aus in ihrem Zorn. Wild, mit flackernden Augen war sie auf den grobschlächtigen Metzger losgestürmt. Doch jetzt wich sie einen Schritt zurück, rieb sich die Hand, blickte sich unsicher um. Der Hias verharrte bewegungslos. Aber nur einen Augenblick. Dann packte er die Frau an den Armen und riss sie an sich.

„So a wilds Weiberleid!", schrie er sie an. „Komm her zu

mir! Na, sträub di doch ned so, wennsd schon anbandeln willst mit mir." Die Frau fest an sich gepresst, versuchte er nun, sie zu küssen. Die Männer johlten oder pfiffen, die Frauen schrien: „Schamloses Weib, Dirne! Judenpack!" und dergleichen Dinge mehr. Die Menge kam jetzt in Bewegung, der Halbkreis wurde enger. Wilhelm und Friedrich wurden nach vorne geschoben. Mächtig ragte der Hias vor ihnen auf, eisern hielt er die sich verzweifelt wehrende Frau umklammert. Längst hatte sie die Haube verloren. Wild peitschten ihre langen, schwarzen Locken dem Hias ins Gesicht. Sie keuchte vor Anstrengung, versuchte, sich aus dem Griff zu befreien.

Und da passierte etwas, mit dem keiner gerechnet hatte. Stern war vom Boden aufgesprungen, mit einem lauten Schrei stürzte er sich auf den Hias und schlug ihm mit voller Wucht die Faust mitten ins Gesicht. Einen Moment stand der Hias wie gelähmt, dann ließ er die Frau los und drehte sich langsam zu Stern, der jetzt heftig atmend geduckt vor ihm stand. Er war wohl über seinen Mut genauso erschrocken wie die meisten der Anwesenden und es war ihm sichtlich unwohl in seiner Haut. Einen kurzen Moment herrschte Stille, dann brüllte der Mob wieder los, zorniger als zuvor. Wilhelm hielt, ohne es selbst zu merken, krampfhaft den Arm des Friedrich umklammert. Er hatte Hias schon einige Male bei Raufereien erlebt, bei denen dieser wenig zimperlich mit seinen Kontrahenten umgegangen war und fürchtete sich vor dem, was nun kommen musste.

Mit einer blitzartigen Bewegung, die dem groben Hias wohl die wenigsten zugetraut hätten, schlug dieser zurück. Die Faust traf Stern mit voller Wucht an der linken Seite der Stirn und ließ ihn im selben Moment zusammensacken. Mit einem Aufschrei stürzte sich Sterns Frau auf den Hias, doch sie erreichte ihn nicht. Starke Arme hielten sie zurück. Stern selbst schüttelte den Kopf, wie benommen. Langsam versuchte er, sich aufzurichten. Blut rann ihm über die linke Wange, die Braue war aufgeplatzt und drückte auf das Auge herunter. Auf die eine Hand gestützt, wischte er sich mit der anderen über das Gesicht, um besser sehen zu können. Da erstarrte er plötzlich. In dem Trubel hatte keiner bemerkt, wie Hias sich gebückt und einen der großen Steine, die zum Bauen dort abgelegt waren, mit einem Ruck emporgerissen hatte. Da stand er nun vor Stern, hochaufgerichtet, den schweren Brocken über sich haltend. Ein riesiger Schatten im flackernden Fackellicht, einem Dämon gleich, der aus dem Zentrum der Hölle heraufgestiegen schien.

Um Wilhelm drehte sich alles. Die Umgebung war in gelbes, fahles Licht getaucht. Gleich Hunderten von Schlangen züngelten die Fackeln aus der Menge. Das Geschrei, das unerträgliche Johlen der Menge, entfernte sich nun von ihm, wurde leiser und leiser, gerann schließlich zu einem undeutlichen Rauschen. Die Bewegungen der Menschen erschienen ihm plötzlich wie verlangsamt, das Ganze bekam etwas Unwirkliches, Totes, wirkte wie eines der großen Gemälde in des Vaters Schreibstube. Er sah die verzerrten Gesichter, wie eingefroren, die stieren Blicke, die offenen Münder, die erhobenen Fäuste. Er sah nicht weit von sich entfernt Ilse, die Frau des Krämers, die ihn auf dem Markt immer damit neckte, ob er denn schon eine Liebste hätte, und ihm oft etwas Zuckerwerk zusteckte. Jetzt war ihr Gesicht entstellt, die Haube hing seitlich an den Haaren, die wirr um ihren Kopf wehten. Deutlich traten die Adern hervor, am Hals, auf der Stirn. Sie schrie aus Leibeskräften, warf irgendetwas auf Sterns Frau. Er sah den Schmied, den er schon oft bei seiner Arbeit an der Esse beobachtet hatte, urgemütlich, mit qualmender Pfeife, stets ein Lächeln auf dem feisten rötlichen Gesicht. Wilhelm hatte ihn noch nie ein böses Wort reden hören. Nun erkannte er ihn fast nicht wieder. Der grölende, weit aufgerissene Mund nahm nahezu das gesamte, hochrote Gesicht ein. Die wuchtigen, zu Fäusten geballten Hände waren hoch erhoben. Kein Lächeln, keine Pfeife. Wilhelm sah Sterns Frau, gehalten von mehreren Männern, wie sie mit schreckensbleichem Gesicht gleichsam erstarrt, zu dem baumlangen Hias aufschaute. Und er sah Stern selbst, keine drei Meter entfernt. Halb sitzend, hielt er sich den rechten Arm vor das Gesicht, den Ellbogen angewinkelt, als wollte er sich schützen, wollte abwehren, was da kommen sollte. Das linke Auge war schon halb zugeschwollen, das rechte vor Entsetzen weit aufgerissen. Todesangst sprach aus diesem Blick. Und Wilhelm sah den Hias vor sich, zum Greifen nahe, riesig, schattenhaft. Dunkel schwebte der schwere Stein über allem.

Ein Grauen überkam Wilhelm. Wo war der Büttel, wo sein Vater? Wo waren die klugen Männer, die stundenlang in Vaters Schreibzimmer saßen, debattierten über Stadtentwicklung, Rechtsfragen, soziale Belange. Wo waren sie alle? Was geschah hier? Seine Hand krallte sich fester in Friedrichs Arm. Er fühlte, wie auch dieser stark zitterte.

Wilhelm drückt die Stirn fest auf seine angezogenen Knie. Heftig geht jetzt der Atem. Zusammengepresst sind Mund und Augen. Ganz deutlich erinnert er sich dieses Bildes. Die johlende Menge, Sterns Frau, Stern selbst, seine Todesangst im Gesicht, auch die leichte Verwunderung, die aus diesem gequälten Antlitz sprach und dann der Stein, dieser schwere Stein.

In diesem Moment fühlt Wilhelm, dieses Bild würde sich einprägen in sein Innerstes, ihn verfolgen, ihm stets gewärtig sein, ein Leben lang. Er fühlt die Knie nass werden. Tränen ergießen sich über die Beine und ein tiefes Schluchzen entringt sich seiner

Brust. Eine Weile gibt er sich den Tränen hin, spürt Erleichterung, Beruhigung, Erlösung. Da dringt etwas Leises an sein Ohr, etwas Bekanntes, Geliebtes. Langsam hebt Wilhelm den Kopf. Das Licht hat sich gewandelt. Das silberblaue Strahlen des Mondes ist verschwunden. Grau und düster drängt der neue Tag ins Zimmer. Und da hört er es wieder. Nicht weit entfernt schlägt eine Amsel. Hell tönt der Gesang, sanft und sicher flötet die Melodie. Wie in uralten Zeiten dringt der Ruf des Lebens in die Stube. Wilhelm horcht auf. Wie liebt er diesen Gesang am Morgen. Lange noch bevor die Menschenwelt erwacht, zelebrieren die Vögel die Ankunft des neuen Tages. Verwundert und seltsam entrückt lauscht Wilhelm diesem Gesang. Und richtig, eine Meise gesellt sich dazu, näher schon und lauter. Es gibt sie also noch, die Welt, die er kennt, die Welt, die er liebt. Während er noch dem Vogelgesang nachsinnt, kehren Wilhelms Gedanken zu den Ereignissen am Abend zurück. Doch leichter ist es nun, dieses Bild zu betrachten. Weniger schrecklich erscheint die gesamte Szene vor seinem geistigen Auge.

Was dem Geschehen noch folgte, zeigt ihm sein Gedächtnis aber nur dunkel und verschwommen.

Mit einem heftigen Stoß wurde er zur Seite geschleudert. Er verlor den Kontakt zu Friedrich. Im Taumeln sah er neben sich den Büttel, hörte ihn schreien: „Hias! Bist wahnsinnig! Leg sofort den Stoa nieder!"

Wild um sich schlagend hatte sich der Büttel einen Weg durch die Menschenmasse gebahnt. Nun stand er zwischen Stern und dem Hias, redete hektisch mit den Armen fuchtelnd auf den Metzger ein. Dieser ließ schließlich den Stein auf den Boden fallen. Langsam löste sich der Kreis der Schaulustigen auf und in einzelnen Gruppen gingen die Leute zum Marktplatz zurück. Auch Wilhelm machte sich auf, stahl sich möglichst unerkannt heim in seine Gasse. Friedrich hatte er aus den Augen verloren. Wie er den Schlüssel genommen hatte, die knarzende Treppe hinaufgekommen war, daran erinnert er sich nicht mehr. Er weiß nur noch, dass er sich, unendlich müde und tief erschöpft, die Kleider vom Leib gerissen und auf das Bett geworfen hatte. Und sogleich war er, wie ohnmächtig, in einen tiefen Schlummer gefallen.

Müde dreht sich Wilhelm zur Wand, will endlich schlafen, will vergessen, da hört er eilige Schritte über den Gang klappern. Die Magd ist aufgestanden und begibt sich gerade in die Küche, das Frühstück zu bereiten. Ist es denn schon so spät? Ach, es ist Sonntag und die Frühmesse steht an. Missmutig setzt er sich im Bett wieder auf. Die Frühmesse, das ist ja das Langweiligste in der ganzen Woche, das bedeutet zwei Stunden Kampf gegen das Einschlafen, Kampf gegen das Gähnen, geheuchelte, andachtsvolle Miene. Aber heute erscheint ihm das Ganze geradezu ekelhaft. Er sieht die Gemeinde in den Reihen sitzen, zur linken die Frauen, sieht die Krämerin, wie sie feierlich mit emporgerecktem Haupt mit ihrer schönen, lauten Stimme singt, sieht das gutmütige, runde Gesicht des Schmieds, andachtsvoll, Güte ausstrahlend, still in sich hineinlächelnd, sieht den langen Hias am Ende der dritten Reihe, Gebete murmelnd, ab und an zu den Weibern schauend. Und der Ekel erfasst ihn von Neuem, stärker als zuvor, stärker, als er es sich je hätte vorstellen können.

Langsam, gleichsam unbeholfen, steht Wilhelm vom Bett auf, geht zur Waschschüssel und benetzt sich ein wenig mit dem kalten Wasser. Das erfrischt, macht munter. Als er sich abtrocknet, begegnet er seinem Blick im Spiegel und erschrickt. Bleich, mit übermüdeten Augen und eingefallenen Wangen starrt ihm sein Spiegelbild entgegen. Er versucht zu lächeln, bekommt aber nur ein klägliches, dümmliches Grinsen zustande. Dann eben nicht! Die Kleider streicht er ein wenig aus, bevor er sie anzieht, sie sind noch zerknittert vom gestrigen Abend. Dann begibt er sich ins Speisezimmer.

Seine Mutter ist schon auf, richtet den Morgentisch. Den Rücken Wilhelm zugewandt, trällert sie eines ihrer lustigen Morgenlieder vor sich hin. Der Vater ist noch beim Ankleiden.

„N`Morgen, Mama!"

„Morgen, Spatzerl." Seine Mutter dreht sich zu ihm herum und erschrickt. „Aber wie siehst du denn aus? Bist du krank?" Mit wehenden Haaren kommt sie um den Tisch herumgeflogen und nimmt sein Gesicht in ihre festen Hände. „Fehlt dir was? Hast schlecht gschlafn? Hast was Schlechtes gessn?"

„N.., na, na. Mir fehlt nix. A bisserl schlecht gschlafn hab ich", antwortet Wilhelm und versucht krampfhaft, sich aus dem Klammergriff zu befreien.

„Na, dann setz di erstmal und frühstück was Gscheites." Und schon fliegt sie zur Anrichte, bestreicht eine Scheibe Brot mit Leberwurst, gießt ein Glas Milch ein und legt noch ein paar frische Kirschen, die Wilhelm so gerne isst, auf den Teller. Inzwischen betritt auch der Vater die Stube. Groß kommt er Wilhelm heute vor, groß, stattlich und sehr vornehm, wie er so in seiner Kniebundhose, dem eleganten weißen Hemd, der gestrickten Weste, mit den gebürsteten Haaren, den glänzenden Schnallenschuhen vor ihm steht. Der tiefe Respekt, den er vor seinem Vater empfindet, geht langsam in Angst über und unwillkürlich duckt er sich tiefer in sich hinein.

„Ist was? Sprich, Bub!" Die Worte des Vaters grollen wie Donner. Erschreckt blickt der Bub auf. Von oben herab sieht ihm der Vater direkt in die Augen. Beklommen weicht Wilhelm dem strengen Blick aus.

„Nix is", flötet seine Mutter herüber. „Schlecht gschlafn hat er", setzt sie hinzu und bereitet das Frühstück auf des Vaters Platz.

„Na, dann iss, Bub." Der Vater setzt sich auf seinen Stuhl. „Mia san schon spät dran."

Lustlos knabbert Wilhelm ein wenig am Wurstbrot herum, trinkt einen Schluck Milch und schleicht bedrückt aus der Stube, um sich Jacke und Schuhe anzuziehen.

Den Weg zur Kirche geht er einsilbig und in sich gekehrt neben seinen Eltern her. Das fällt nicht sonderlich auf, denn seine Eltern sind emsig damit beschäftigt, nach dieser Seite zu grüßen, nach jener zu winken, zu lächeln, zu scherzen.

Vor der Kirche hat sich ein großer Menschenauflauf gebildet. Wilhelm sieht die Krämer Ilse. Eifrig gestikulierend steht sie inmitten der Leute und redet auf die Umstehenden ein.

„Wartet hier, ich seh nach, was los ist", sagt sein Vater und tritt neugierig an die Gruppe heran. Seine Mutter ist gerade mit einer Nachbarin im Gespräch, da bemerkt Wilhelm, wie Friedrich mit seinen Eltern zur Kirche kommt. Gebückt und müde schleicht er hinter seinen Eltern her. Den Blick fest auf den Boden geheftet, nimmt er kaum wahr, was um ihn herum geschieht. Auch Friedrichs Eltern gehen zu der Gruppe, in der Wilhelms Vater steht, und sichtlich erregt beteiligen sie sich an dem Gespräch.

Plötzlich hebt Friedrich den Kopf, unschlüssig schaut er um

sich, als suche er jemanden. Da treffen sich ihre Blicke. Dieser eine Moment genügt. Dieselbe Pein, dieselbe durchwachte Nacht, dasselbe Unverständnis, derselbe Ekel steht in diesem Gesicht geschrieben. Aber nur eine Sekunde. Dann wendet sich Friedrich jäh von Wilhelm ab und verfällt wieder in seine stoische, gebückte, gequälte Haltung. Schließlich löst sich die Menge auf und in kleinen Gruppen treten die Leute durch das große, weite Portal in die Kirche. Langsam schlurft Wilhelm hinter seinem Freund die breite, steinerne Treppe hinauf. Friedrich sieht sich nicht mehr nach ihm um.

Das Geheimnis der Damaszener Rose

Das mit dem Älterwerden ist ja so eine Sache. Die körperlichen, die geistigen Aktivitäten, alles wird etwas anstrengender, etwas beschwerlicher. Die Entscheidungsfreudigkeit nimmt ab, das Gedächtnis lässt dich immer öfter im Stich. Auch wird das Interesse an den täglichen Dingen geringer, du wendest dich mehr und mehr dem Innenleben zu, den Erinnerungen, den Erfahrungen. Immer öfter tauchen Bilder auf, aus der Jugendzeit, aus der Kindheit, aus fernen, vergangenen Tagen, oft so fremd und sagenhaft, dass wir daran zweifeln, ob das wirklich wir waren, die dies erlebt, dies erfahren haben. Nun, das ist den meisten, die sich jenseits der Lebensmitte befinden, ja mehr oder weniger bekannt. Fast unbekannt dagegen ist, dass diese Erinnerungen oft mit einem Duft, mit einem speziellen Geruchserlebnis in einem innigen Zusammenhang stehen.

Ein derartiges Dufterlebnis ereilte mich vor ein paar Wochen völlig unvorbereitet und von gänzlich unerwarteter Seite. Ich befand mich auf Geschäftsreise in London und hatte an diesem Tag einen jener Termine vor mir, bei denen außer großem Palaver kaum etwas herauskommt. So war ich morgens schon missgelaunt von dem Hotel in einem Londoner Vorort zu diesem Meeting aufgebrochen. Der Weg zur U-Bahn war nicht weit, doch musste ich ein Stück des Weges durch eine Siedlung mit kleinen Häuschen und schmalen Vorgärten zurücklegen. Ich war noch nicht lange gegangen, da hatte ich das unbestimmte Gefühl, als beobachteten mich zwei Augen aus unmittelbarer Nähe. Ich drehte mich um, doch war auf der Straße außer mir weit und breit kein Mensch zu sehen. Nun, da musste ich mich wohl getäuscht haben. Ich wollte weitergehen, da ergriff mich erneut dieses komische Gefühl, jetzt viel intensiver, auch kamen mir diese Augen bekannt vor, ja, ich kannte diese Augen, da war ich mir ganz sicher. Ich kannte sie seit langer Zeit, mir schien es, seit einer Ewigkeit schon.

Nun hatte es mich gepackt. Fieberhaft überlegte ich, woher mir diese Augen so bekannt vorkamen. Ich sann und sann, doch kam ich nicht darauf. Indes, die Erkenntnis kam von ganz anderer Seite als erwartet. Leise und ganz fein zuerst schlich sich ein Sinneseindruck in mein Bewusstsein, ein Reiz der Sinneszellen, den ich erst mit einiger Mühe als Duft wahrnahm. Und da explodierte es in meinem Kopf. Ich kannte diesen Duft, diesen herben, diesen aromatischen, diesen durchdringenden Rosenduft. Ich sah um mich und bemerkte Rosenzweige, die in großer Fülle über einen alten, verwitterten Gartenzaun hingen. Eben war ich daran vorbeigegangen. Wild und dornenbewehrt hingen sie da, voller Blüten, voller lieblicher, blassrosa Damaszenerblüten. Und mit einem Mal war alles wieder da, die ganze Erinnerung, diese ganze Episode, so deutlich, so frisch, als wäre es gestern gewesen. Still stand ich jetzt und gewahrte, wie aus den tiefsten Tiefen meiner Erinnerung ein ums andere Bild an die Oberfläche quoll. Wie lange war das schon her! Wie hatte ich das vergessen können!

Es muss vor etwa vierzig Jahren gewesen sein. Wir wohnten damals in einer hübschen, kleinen Siedlung am Rande einer niederbayerischen Stadt, nicht weit von Feld und Flur, nahe eines großen Flusses. Ich mochte etwa dreizehn oder vierzehn Jahre gezählt haben, meine Eltern hatten wieder einmal den Wohnort gewechselt und so waren wir erst frisch in dieses schon ältere, damals noch nicht renovierte Häuschen eingezogen. An das Haus kann ich mich nicht mehr genau erinnern. Es war einer dieser Bauten, die man nach dem Krieg in großer Zahl schnell und preisgünstig aus dem Boden gestampft hatte, um den vielen Flüchtlingen eine Bleibe zu geben. Die ganze Siedlung bestand aus Häusern dieser Art – klein, schlicht, zweckmäßig. Nicht mit viel Glas und offenen Räumen, nicht mit bewohnbaren Dächern und Galerien, wie wir sie heute kennen, nein, dort gab es ein spitzes, nicht isoliertes, zugiges Dach, in dem die rohen Dachpfannen auf durchgebogenen Sparren zu sehen waren. Dieser sogenannte Speicher, der im Winter eisig kalt, im Sommer aber brütend heiß war, krönte das Haus aus dünnen Wänden, kleinen Zimmern, einfachen Holzböden und einem Bad, in dem man sich kaum umdrehen, geschweige denn behaglich waschen konnte. Dafür gab es einen feuchten, verwunschenen Keller, aus rohen Steinen gemauert, mit alten, knarrenden Holztüren und Spinnweben in jeder Ecke.

Das Haus war eben aus der Not heraus mit wenig Luxus gebaut worden. Nun war das Beeindruckende an unserem neuen Zuhause aber nicht das Gebäude selbst, es war der Garten. So etwas hatten wir vorher noch nicht besessen. An die tausend Quadratmeter mochte er wohl gemessen haben, mit Bäumen, alten Sträuchern, Beeten für Blumen, Beeten für Gemüse, einer langen Zufahrt für den PKW und einer großen Wiese vor dem Haus. Es war alles etwas verwildert, alles etwas heruntergekommen und so machten sich meine Eltern sogleich daran, den Garten auf Vordermann zu bringen, noch vor dem Haus, noch vor den Wohnräumen. Es war Frühsommer, das Wetter schön und auch wir Kinder hatten Spaß an dem neuen Zuhause, am Werkeln im Garten, am Schneiden, Mähen, Umgraben, obwohl wir unsere

Eltern in ihrer Arbeit gewiss mehr behinderten als ihnen eine Hilfe waren.

Obwohl wir neu in der Gegend waren, fanden wir schnell Freunde. Es gab einige junge Familien in der Nähe, die wie wir gerade ihr Heim bezogen hatten, die ebenso am Umgestalten, Renovieren und Verbessern waren. So spielten und lärmten wir bald auf dieser Baustelle, bald auf jener und wenn wir unseren Eltern zu sehr auf die Nerven gingen, fanden wir Zuflucht auf der Straße, die damals noch nicht in dem Maße mit Autos zugestellt war, wie es heute der Fall ist. Nun wies gerade unser Garten eine große Rasenfläche auf und so nahm es nicht wunder, dass sich bei uns oft eine lärmende Kinderschar einfand, die Fußball spielte, mit Wasserbomben um sich warf oder sonst irgendeinen Unfug trieb.

Bei einem dieser Fußballspiele geschah es dann zum ersten Mal. Im Übermut schoss einer meiner Freunde den Ball hoch über unsere Köpfe auf das Nachbargrundstück hinüber. Dieses Grundstück, das ja direkt an das unsrige grenzte, hatte ich bislang eher mit Misstrauen betrachtet. Sonderbar fremd lag es in dieser Siedlung aus gleichförmigen Häusern und Gärten. Gewiss, das Haus hatte diese Einheitsgröße, den gleichen Umriss, die gleiche Innenaufteilung, die gleiche Fassade, doch der Garten war gänzlich anders gestaltet. Das heißt, man konnte es eigentlich nicht so genau beurteilen. Umgeben von einer hohen Hecke aus wilden Sträuchern aller Art, die einen Einblick in das Grundstück völlig verwehrten, konnte man davon nur noch ein paar hohe Bäume erkennen, die alles andere überragten, und selbst vom Haus war nur das rote, spitze Ziegeldach zwischen all dem Grün wahrzunehmen. Dies alles wirkte nun etwas gruselig, etwas unheimlich, zumal ich in den wenigen Wochen weder jemanden bemerkt hatte, der das Anwesen betreten, noch jemanden, der es verlassen hätte. Auch keiner meiner Freunde hatte bis jetzt irgendein Lebenszeichen in diesem Haus wahrgenommen. Und jetzt lag unser Fußball dort drüben!

Guter Rat war nun teuer. Ich lief zu meiner Mutter, die hinter dem Haus jungen Salat in eines der Beete pflanzte.

„Tja, da habt ihr nun ein Problem", war ihr erster Kommentar.

„Aber Mama, du weißt doch, dass wir nur den einen Ball haben und ohne ihn können wir jetzt wirklich nicht weiterspielen."

„Nun, dann geht doch hinüber, klingelt schön artig und fragt, ob ihr den Ball wiederhaben könnt." Sie drehte sich zu ihren Pflänzchen zurück und fuhr fort, sie in die Erde zu setzen.

„Aber Mama! Wie sollen wir denn das machen? Wir wissen doch überhaupt nicht, wer da wohnt. Vielleicht ist es ein böser Mensch, der nur darauf wartet, dass ein paar Kinder in seinen Garten gelaufen kommen … und dann!"

„Und dann?" Belustigt drehte sich meine Mutter halb zu mir herum und sah mich mit einem verschmitzten Lächeln von unten herauf an. „Du wirst doch nicht etwa Angst haben?"

„Angst? Natürlich nicht! Das nicht, nein. Aber du weißt doch, wir kennen die Bewohner nicht und da ist es schon komisch, so das erste Mal … und überhaupt." Mit einem Seufzer stand meine Mutter auf.

„Schon gut, ich komme mit. Aber nur dieses eine Mal, hörst du?"

Erleichtert ging ich neben meiner Mutter dem Gartenausgang zu. „Wer wohnt denn eigentlich in diesem Haus? Ich habe dort noch nie eine Menschenseele gesehen."

„Soviel ich weiß, lebt ein älterer Herr dort ganz alleine. Wir lernten ihn kurz kennen, als wir uns beim Einzug in der Nachbarschaft vorgestellt haben. Er scheint etwas eigenbrötlerisch zu sein, ist aber durchaus nett und freundlich zu uns gewesen. Du kannst dir vielleicht vorstellen, dass es für ältere Leute nicht eben angenehm ist, wenn nebenan eine Schar lärmender, tobender Kinder einzieht." Das konnte ich mir freilich überhaupt nicht vorstellen, aber schon waren wir an des Nachbars Gartentor angelangt, wo meine Mutter die Klingel betätigte. Wir warteten und zum ersten Mal sah ich bewusst in diesen Garten hinein.

Ein langer Weg führte von der Straße auf das Haus zu, durchschnitt das ganze Grundstück in zwei Hälften. Neben dem Weg erstreckten sich links und rechts Blumenrabatten. Schön geordnet in Reihen standen die Blumen - Sorten, die ich nicht kannte, aber es müssen viele verschiedenartige gewesen sein, denn manche von ihnen waren bereits aufgeblüht und verwandelten die Beete in einen bunten Blütenteppich. Einen Rasen, wie wir ihn besaßen, schien es in diesem Garten nicht zu geben. Es war wohl eine freie Fläche vor dem Haus vorhanden, doch schien sie mir mehr eine Wiese, denn ein Rasen zu sein. Aber auch nicht einer dieser Grasäcker mit seinem Einheitsgrün, wie sie damals auf dem Lande aufkamen, sondern eine lichte, facettenreiche Wiese mit vielen Blumen und zahlreichen unterschiedlichen Grünpflanzen. Die Gräser schienen überhaupt die geringste Rolle in diesem verlotterten „Rasen" zu spielen. Vereinzelt oder in Gruppen standen sie eher dürftig im Raum, dazwischen tummelte sich eine Vielfalt an Pflanzen, wie ich sie bis dahin noch nicht gesehen hatte. Da gab es breitblättrige, große Rosetten, aus denen fleischige, grüne Blütenstände emporwuchsen, blaue, auf zarten

Stielen nickende Glöckchen, samtig rote Blüten lachten von silbrig glänzenden, zart behaarten Blütenstängeln. Dazwischen blickten die grauen Köpfchen erster, schon verblühter Löwenzahne in die Runde und auch freie Stellen entdeckte ich, ganz ohne Bewuchs, an denen die blanke Erde braun und dunkel durchschimmerte. Selbst auf dem gepflasterten Weg sprenkelten kleine, weiße Blüten, grüne Pflänzchen schoben sich aus den Ritzen hervor und dann und wann entdeckte ich eine gelbe, eine verdruckte Löwenzahnblüte am Rande der Wegeinfassung. Vereinzelt standen kleine Bäumchen dazwischen, wohl Obstbäume, denn schon sah man erste, winzige Früchte reifen. Von überall her zirpte, summte, brummte es in den unterschiedlichsten Tonlagen, Vögel zwitscherten aus den Hecken, Vögel, die ich auch aus unserem Garten schon kannte. Dicht und hoch und grün rahmte eine Hecke das Grundstück und diese Obstwiese ein. Aber nein, auch hier wieder kein reines, durchgehendes Grün. Wild und durcheinander blühte es dort, weiß und rosa und auch rot. Neben vielerlei, vor allem weißen, mir unbekannten Blüten, hingen dort lange dornenbewehrte Triebe aus der Hecke heraus bis zum Boden hinunter. Schwer waren sie mit Blüten behangen, mit Blüten, die ich schon kannte - es waren Rosenblüten. Sie standen aber nicht als Solitäre frei und vereinzelt im Raum, damit sie von allen Seiten bewundert werden konnten, wie bei uns oder beim Nachbarn gegenüber, nein, hier schienen sie an den Sträuchern emporzuklimmen, aus der Hecke herauszuwachsen, ja fast in diese offene Wiese hineinzukriechen, im Kampf um Licht, um Sonne, um das Gesehenwerden. Der hintere Teil des Grundstücks war nicht einzusehen, da er gänzlich vom Haus verdeckt lag.

Erstaunt blickte ich auf diese kleine Welt, die so ganz anders war, als ich es bisher gewohnt war. Zum Betrachten blieb mir auch reichlich Zeit, denn bislang hatten wir am Haus noch keine

Bewegung wahrgenommen. Wiederholt hatte meine Mutter geläutet und in mir machte sich bereits Enttäuschung breit.

„Ältere Leute hören oft schlecht. Da muss man etwas Geduld haben", mahnte meine Mutter. Sie klingelte wieder und wieder. Schließlich dauerte es auch ihr zu lange und wir wollten uns gerade auf den Heimweg machen, da nahmen wir eine Bewegung im Vorhäuschen wahr. Langsam, ganz langsam bewegte sich ein Schatten durch das milchige Glashaus, kam langsam die Vortreppe herunter, bog um das Geländer und da sah ich ihn zum ersten Mal, unseren Nachbarn.

Den ersten Eindruck bestimmte die auffallende Kleinheit, ja Zartheit und die stark vornübergebeugte, ungesunde Haltung dieses Mannes. Ein schmächtiges, verhutzeltes Männchen kam da auf uns zu gehumpelt. In der rechten Hand einen Stock, das linke Bein etwas nachziehend, schlurfte er über den langen Weg. Eine weite, zerschlissene, durch zwei Hosenträger gehaltene Hose, in das ein grobes, dunkelrot kariertes, ausgefranstes Hemd mehr recht denn schlecht hineingestopft war, schlotterte an den Beinen herunter. Das Gesicht konnte ich zunächst nicht erkennen. Den Kopf auf den Boden gerichtet, wie es bei vielen alten Leuten der Fall ist, die sich nicht mehr so recht aufrichten können, sah ich davon nur das graue, leicht zerzauste Haar, das an mancher Stelle schon sehr licht war. Es schien mir eine Ewigkeit zu dauern, bis der Nachbar die lange, gepflasterte Einfahrt bis zu uns herangekommen war.

„Guten Tag, Herr Liebermann", grüßte meine Mutter mit lauter, deutlicher Stimme. Jetzt hob er den Kopf und mit seiner leisen, aber wohlklingenden Stimme antwortete er langsam, gleichsam als ob er erst jedes Wort einzeln bedenken müsste:

„Guten Tag, Frau Nachbarin. Womit kann ich dienen?"

Das Gesicht erschreckte mich im ersten Augenblick, so plötzlich, so zerfurcht, so runzelig sprang es mir entgegen. Die große, hakenförmige Nase, die den kleinen, schmallippigen Mund fast gänzlich verdeckte, war das erste und auffälligste Merkmal in diesem Gesicht. Erst beim zweiten Hinsehen gewahrte ich die kleinen, beweglichen Äuglein, die listig und auch ein wenig spöttisch unter einem Paar buschiger, grauer Brauen hervorleuchteten. Diese Augen faszinierten mich von Anfang an. Sie standen in direktem Gegensatz zu dem sonst so gebrechlich wirkenden, hinfälligen Körper. In ihnen schien sich die gesamte Lebenskraft, das Wesentliche, gleichsam die Seele dieser so auffälligen Person zu konzentrieren.

Völlig gefangen von diesem Gesicht, hatte ich zunächst gar nicht gehört, wie meine Mutter versuchte, unser Missgeschick zu erklären, und höflich fragte, ob ich denn den Ball von seinem Grundstück holen dürfe.

„Ja, aber wo ist denn dieser Ball?", hörte ich ihn jetzt langsam und deutlich fragen. Dabei sah er mir in die Augen und sein Mund verzog sich zu einem leichten Lächeln, das seinem Gesicht einen verschmitzten Ausdruck verlieh.

„Er liegt gleich da drüben, rechts von Ihnen", stieß ich schnell heraus.

„Na, da haben wir ihn ja schon", erwiderte er. „Ich kann Sie leider nicht hereinlassen, da ich den Schlüssel für die Gartentüre im Hause habe. Aber einen Moment, ich hole Ihnen den Ball schnell."

Fast musste ich laut loslachen, als er dann auf seinen Stock gestützt bedächtig in seinen Garten hineinschlurfte und den Ball „schnell" herausholte. Aber ein strenger Blick meiner Mutter brachte mich sofort wieder zur Besinnung. Als er mir den Ball schließlich übergab, sagte ich artig meine Entschuldigung auf und versicherte, dass es gewiss nicht wieder vorkommen würde. Er hörte mich geduldig an, lächelte sein geheimnisvolles Lächeln und meinte: „Oh, das macht nichts. Aber ich sperre lieber die Gartentüre auf. So könnt ihr jederzeit herein und euch den Ball holen."

„Bitte verzeihen Sie, Herr Liebermann, wenn wir Sie in Ihrer Ruhe stören. Die Jungen sind oft wirklich sehr laut und ebenso wir Erwachsenen, wenn wir im Garten arbeiten, mähen, häckseln, mit der Kreissäge Holz schneiden. Dann machen Sie sich bitte einfach bemerkbar, damit wir etwas Rücksicht auf Sie nehmen können."

„Oh, Frau Nachbarin! Da machen Sie sich mal keine Gedanken. Ich höre ja mittlerweile schon wirklich schlecht. Aber mit diesen Dingern da, den Hörgeräten, geht es ganz leidlich." Dabei wandte er uns sein linkes Ohr zu, damit wir das Hörgerät sehen konnten. „Und wenn mir einmal alles doch zu laut wird, ja, dann habe ich da so einen Trick." Und er führte seine linke Hand zum Ohr und machte damit eine feierliche Bewegung. „Ich lege einfach den Schalter am Hörgerät um und schon umgibt mich die angenehmste, die herrlichste Stille, die man sich vorstellen kann." Sein kleiner Mund strahlte dabei in einem derart süßen Kinderlächeln, seine Augen blickten so treuherzig drein, dass meine Mutter und ich einfach mitlachen mussten. „Also, keine Bange, ihr zwei, es ist schon alles in Ordnung." Mit diesen Worten drehte er sich um und wollte schon zum Haus zurückgehen, da besann er sich noch einmal anders und kehrte um. Er sah mir tief in die Augen und sagte: „Weißt du, mein Junge, ich bin schon alt, die Beine wollen nicht mehr so richtig, das Hören ist, wie gesagt, auch schon sehr schlecht und so macht es mir große Mühe, das Haus zu verlassen, etwa um einkaufen zu gehen. Ich bekomme zwar ‚Essen auf Rädern‘, aber das ist halt nur das Notwendigste und man möchte doch auch gerne einmal etwas Süßes oder einen guten Schoppen Wein. Wenn du mir vielleicht einmal die Woche etwas aus dem Supermarkt holen könntest, wäre ich dir sehr verbunden. Natürlich nur, wenn du Zeit und Lust dazu hast. Du müsstest das auch nicht umsonst machen. Und du würdest mir damit eine große Freude bereiten." Fragend sah ich meine Mutter an, doch sie lächelte nur und nickte.

„Sagen Sie nur, was Sie brauchen, Herr Liebermann, ich kaufe es dann ein und mein Sohn bringt es Ihnen vorbei."

„Ja, das mache ich gerne, Herr Liebermann", befleißigte ich mich, hinzuzufügen. Die Aussicht, mein ewig knappes Taschengeld aufzubessern, hatte mich sofort überzeugt. Und insgeheim wollte ich mehr über diesen komischen Kauz erfahren und über diesen so andersartigen, so schrecklich schönen Garten, über seine Geheimnisse, seine Wunder. Denn er gefiel mir, dieser Garten, mehr als alle Gärten, die ich bisher gesehen hatte, in denen ich bislang gewesen war. Irgendetwas hatte mich sofort hingezogen, kam mir vertraut vor. Irgendetwas hatte mich angesprochen, eine Stimmung vielleicht, vielleicht ein Bild oder ein Duft und ein Teil von mir hatte geantwortet, ein Teil, der tief in mir verborgen lag, den ich bislang noch nicht gekannt hatte.

Ein paar Tage später war es dann so weit. Meine Mutter hatte für Herrn Liebermann eingekauft, Milch, Butter, Marmelade, auch eine hübsche Flasche Wein und ein wenig Süßigkeiten, und so befand ich mich mit einer Tasche unter dem Arm auf dem Weg in Nachbars Garten. Die Gartentüre war nicht abgesperrt, wie er es versprochen hatte, und ein wenig beklommen trat ich ein, nicht ohne vorher ausgiebig geklingelt zu haben. Nichts rührte sich. Langsam ging ich auf das Haus zu.

Der erste Eindruck war ein Geruch. Ein sehr starker, ein sehr angenehmer Geruch. Doch konnte ich ihn nicht sofort zuordnen. Er schien von überall her zu strömen, schien, gleich einer großen, schweren Wolke den gesamten Garten auszufüllen, zu durchdringen. Ich blieb stehen. Genüsslich sog ich diesen Duft tief in meine Lungen. Es roch herb, es roch wild, fremdartig und doch vertraut. Und langsam bekam ich eine Ahnung, woher dieser Duft wehte, wem ich ihn zuordnen konnte. Ich sah mich um. Und erschrak heftig. Nicht weit zur Rechten, fast gänzlich in der Hecke verborgen, saß Herr Liebermann auf einer Art Stuhl, wie sie die Camper benutzen, saß da ohne jede Regung, die Augen geschlossen. Fast mochte man glauben, er läge tot in diesem Klappstuhl.

Zu seinen beiden Seiten hingen lange, über und über mit weißen und auch mit leicht rosa überhauchten Blüten besetzte Rosentriebe bis auf den Boden herab. Und im selben Moment wusste ich es. Es waren die Rosen! Die Rosen verströmten diesen satten, diesen verführerischen Duft.

Was sollte ich nun tun? Die Tasche abstellen und mich davonmachen wie ein Dieb, wie ein Eindringling? Nun, offensichtlich war Herr Liebermann unter seinen Rosen eingeschlafen und es war nur natürlich, dass ich versuchen sollte, ihn zu wecken, ihm die eingekauften Sachen persönlich zu übergeben. Mit einem mulmigen Gefühl näherte ich mich ihm, im Hinterkopf die bange Frage: „Wenn der jetzt wirklich tot ist?" Aber da erlöste er selbst mich aus dieser Beklommenheit. Er drehte den Kopf leicht zur Seite und murmelte etwas Unverständliches vor sich hin. Dabei bewegte sich die Nase von einer Seite auf die andere in einem Maße, wie ich es nicht für möglich gehalten hätte. Ein paar tiefe Atemzüge, dann hoben sich langsam die Augenlider. Verständnislos betrachtete er mich, der ich ihm genau gegenüberstand, einige Sekunden lang, aus trüben, wässrigen Augen. Doch plötzlich überlief ein Lächeln sein ganzes Gesicht, sein Mund zeigte wieder diese Kindlichkeit und seine Augen strahlten hell. „Ach, du bist es mein Junge! Und du hast mir etwas mitgebracht, wie ich sehe. Das freut mich aber, freut mich sehr. Komm setz dich, setz dich hier neben mich." Er nahm mir die Tasche aus der Hand und machte eine sehr einladende Geste zu seiner Linken hin. Mit einem Mal war meine Beklommenheit wie weggeblasen. Freudig kam ich der Aufforderung nach und setzte mich neben ihn ins Gras.

„Wie geht es dir, mein Junge? Habt ihr wieder Fußball gespielt?" Dabei zwinkerte er mir mit einem Auge zu. Ich musste lachen.

„Das auch, ja. Aber sagen Sie, Herr Liebermann, wie kommt es, dass bei Ihnen die Rosen einen so herrlichen Duft verströmen? Es sind doch die Rosen, nicht wahr?"

Er sah mich gutmütig aus seinen tiefliegenden Augen an und nickte nur. „Wissen Sie", fuhr ich fort, „wir haben bei uns da drüben ja auch einen Rosenstrauch. Der steht mitten in unserem Garten, ist sehr schön anzuschauen, auch ist er jetzt über und über mit Blüten behangen. Aber duften tut er nicht. Ich habe noch gestern direkt an den Blüten gerochen."

„Nun, das ist wohl eine moderne Züchtung", begann er in seiner langsamen, so deutlichen, so betonten Sprache zu reden. „Heutzutage legen die Züchter mehr Wert auf große Blüten mit kräftigen Farben, der Strauch muss auch gesund sein und das ganze Jahr über soll er blühen. Die Rosen verausgaben sich zu sehr. Der Duft kommt dabei zu kurz. Er hat nichts Charakteristisches mehr, ist oft schwach oder ganz verschwunden. Die Leute wollen das aber so. Sie wollen ständig Blüten um sich, schöne, große, auffallende Blüten und das nicht nur einmal im Jahr, nicht nur diese zwei, drei Wochen lang, wie es die alten, die historischen Rosen halten. Aber der Duft, mein Junge, der Duft ist doch das Wesentliche an der Rose, er ist sozusagen ihre Seele. In ihm offenbart sie uns ihren Charakter, durch ihn erzählt sie uns ihre Geschichte. Und sie können so unterschiedliche Gerüche haben. Oh, du ahnst ja gar nicht, wie verschieden Rosen duften können!" Er lehnte sich in seinen Stuhl zurück, schloss genüsslich die Augen. Und, um seine Worte noch zu bekräftigen, nahm er einen tiefen Atemzug und ließ die Luft mit einem wohligen Seufzer wieder langsam aus sich herausströmen. So saßen wir wohl ein paar Minuten, schweigend. Indes, ich hielt dieses Schweigen nicht lange aus.

„Sie sprachen vom Charakter der Rose, von ihrer Geschichte, die sie uns über ihren Duft erzählt. Was erzählt uns denn diese Rose hier, unter der wir gerade sitzen und die so herrlich duftet, so streng, so aromatisch?"

Lange saß Herr Liebermann versunken in seinem Stuhl, ließ mich auf seine Antwort warten. Dann setzte er sich gemächlich auf und begann von Neuem.

„Streng und aromatisch. Das hast du sehr gut erkannt, mein Junge. Ich würde noch hinzusetzen herb und eine Note von …, na, sagen wir wild. Weißt du, diese Rose stammt aus dem Fernen Osten. Es ist eine Damaszener Rose und sie ist sehr, sehr alt. Schon vor Tausenden von Jahren kultivierten sie die alten Griechen, feierten ihre heiligen Feste, schmückten ihre Götter mit ihr, aber vor allem bekränzten sie Aphrodite damit. Kennst du diese Göttin? Nicht? Nun, Aphrodite ist die Göttin der Liebe. Und Liebe und Rosen und Wohlgeruch, nun, das passt doch wohl sehr gut zueinander, findest du nicht?" Und dabei erschien wieder dieses verschmitzte, kindliche Lächeln in seinem Gesicht. Nach einer kleinen Pause fuhr er fort. „Dann kamen die Römer. Und sie taten es den Griechen gleich. Auch sie schmückten ihre Götter damit, feierten ihre rauschenden Feste, ihre Orgien, unter einem Regen aus Tausenden von Blütenblättern und badeten förmlich in diesem so betörenden, so verführerischen Duft. Auch stellten sie Rosenwasser her, Parfüme, alles aus den Blütenblättern, um diesen Duft überall und immer zur Verfügung zu haben." Wieder legte er eine Pause ein, lehnte sich gemächlich in seinen Stuhl zurück und schloss die Augen. Ich wartete. Mit geschlossenen Augen fuhr er fort. „Aber bevor ich dir von ihrem Duft erzähle, sieh dir diese Rose einmal genauer an. Das Aussehen verrät uns ja auch eine Menge über ihren Charakter, über ihre Persönlichkeit. Na, was siehst du?"

„Ich sehe lange, dünne Triebe und die sind ganz voller Stacheln, voller böser, widerhakiger Stacheln."

„Gut, und weiter?"

„Die Blätter sind nicht schön, sie sehen schmutzig aus und sind so behaart."

„Gut, gut, und weiter? Die Blüten, sieh dir einmal die Blüten an." Er setzte sich auf und bog mir einen der Zweige herunter, direkt vor die Nase.

„Die Blüten sind sehr schön. Die Blütenblätter sind sehr fein, ein wenig geknittert, wie Pergament, man kann durch sie fast hindurchsehen, zur Mitte hin kräuseln sie sich und werden dunkler, sie sind aber von einem zarten Rosa, von einem so zarten, so seidigen Rosa, wie man es bei dieser stacheligen Pflanze mit diesen widerlichen Dornen nicht für möglich halten würde. Und dann der Duft! Mmmmhhh." Ich hielt die Blüte dicht vor meine Nase. „Wie nur aus etwas Rauem, Schmutzigem, etwas so Schönes, so Liebliches erwachsen kann!"

„Wie aus etwas Rauem und Schmutzigem etwas Schönes entstehen kann, das hast du schön gesagt. Das hast du sehr schön gesagt, mein Junge." Herr Liebermann kicherte leise in sich hinein, lehnte sich wieder in seinen Stuhl zurück, schloss behaglich die Augen und gab keinen Ton mehr von sich.

Was sollte das nun wieder bedeuten? Ich hatte mir Mühe gegeben, hatte artig geantwortet. Doch statt einer anständigen Erklärung bekam ich wieder nur Andeutungen, wieder nur ein Herumreden um den heißen Brei, keine klaren Aussagen. Und dann? Nach zwei Sätzen drohte er schon wieder einzuschlafen, der alte Gimpel. Ich hatte fast Lust, aufzustehen und nach Hause zu gehen. Ich blickte um mich. Es begann nun schon stark zu dämmern. Langsam, ganz langsam wurde alles grau und unwirklich. Aber friedlich lag der Garten. Wohltönend ließen die Amseln ihr Abendlied erklingen. Schwer hing der Rosenduft über der Wiese. Ja, der Rosenduft. Was hatte er noch über die Seele der Rose gesagt? Der Duft würde mir ihr Geheimnis enthüllen? Ich fing gerade an, mich auf den Rosenduft zu konzentrieren, da hörte ich hinter mir ein leises Räuspern. Ah, er war wieder aufgewacht, der Herr Nachbar.

„Nun, mein Junge, hat sie dir ihre Geschichte schon erzählt, die Damaszener Rose?"

Ich drehte mich um. Freundlich blickte er drein, der Herr Nachbar, ebenso friedlich, ebenso alt, ebenso aus der Zeit gefallen wie sein Garten. Und da konnte ich ihm nicht mehr böse sein.

„Nein, bis jetzt noch nicht. Und ehrlich gesagt, eine große Hilfe sind Sie ja auch nicht gerade." Er kicherte wieder leise in sich hinein.

„Nun, da hast du vielleicht nicht ganz unrecht. Weißt du, so einfach ist das Ganze aber nicht. Eine Rose ist ein edles, ein eigenwilliges Geschöpf. So leicht enthüllt sie dir ihr Geheimnis nicht. Sie will schon etwas umworben, etwas umschmeichelt werden. Aber ich will dir ein wenig dabei helfen." Und er beugte sich über die Stuhllehne weit zu mir herab, so dass sein Mund ganz dicht an mein rechtes Ohr kam. „So, jetzt schließt du mal die Augen. Gut so. Und jetzt atme einmal langsam und ganz tief durch die Nase ein. Langsam, mein Junge, langsam! Du musst dich auf den Duft konzentrieren, lass ihn ganz bewusst durch die Nase streichen, lass ihn sich richtig in dir entfalten. Gut so, gut so. Also, wir sprachen vom Orient, von dort kommt die Rose ja auch her. Kennst du die Wüsten um Damaskus, kennst du das Zweistromland, die iranische Hochebene? Nicht? Gut, dann stelle dir einmal Folgendes vor. Du gehst in einer wüstenhaften Ebene, überall liegen Steine, der Boden ist hart wie Beton. Es ist sehr heiß, unglaublich heiß. Die Sonne hängt wie eine matte Scheibe an einem glanzlosen, einem wässrigen, unendlichen Himmel. Aber sie brennt, sie glüht, sie versengt alles um dich her. Nirgends ein Baum, nirgends ein Strauch, der etwas Schatten spenden könnte. Ein leichter Wind säuselt über die Ebene, hebt ab und zu ein wenig trockenen Staub kreiselnd in die Luft. Kannst du dir das vorstellen? Gut. Du gehst also auf einer Straße. Nein, keine Straße. Es ist eher ein Pfad, eine Andeutung von einem Pfad, der sich vor dir erstreckt, schnurgerade, bis zum flimmernden Horizont. Du siehst den Horizont nicht wirklich, du siehst vor dir nur ein Wabern, ein Flimmern, ein Spiegeln der heißen Luft. Keine Ahnung, wie weit das ist, keine Möglichkeit, die Entfernung zu schätzen. Ist es das Ende der Welt? Du gehst also auf diesem Pfad, tapfer gehst du voran, unbeirrt, da bemerkst du vor dir, nicht zu sagen, wie weit voraus, einen dunklen Schatten, einer Fata Morgana gleich, einen sich bewegenden, einen wabernden, dunklen Flecken in diesem Nichts auftauchen. Der Schatten kommt näher, schon erkennst du erste Konturen, eine geordnete Bewegung, klarer umrissene Teile. Da taucht hinter dem ersten Schatten ein weiterer auf, größer noch als der erste, aber ebenso undeutlich, ebenso geheimnisvoll. Du gehst weiter, auf den Schatten zu. Er wird klarer und klarer. Jetzt erkennst du es. Es ist ein Mensch, der da auf dem Pfad auf dich zukommt. Es ist eine hochgewachsene, eine stolze Person und schon erkennst du den zweiten Schatten: ein Kamel, das langsam im Gleichschritt hinter dieser Person her trottet. Auf dem Rücken, jetzt siehst du es besser, auf dem Rücken trägt dieses Kamel eine Sänfte, eine große, glitzernde, eine im Sonnenlicht blendende Sänfte. Und da tauchen auch schon weitere Schatten auf, weitere Personen, hinter denen Kamele in einer langen Reihe aus diesem Nichts herausmarschieren.

Die erste Person, es ist ein Mann, hat dich nun schon fast erreicht. Großgewachsen, aufrecht geht er. Ein dunkelblauer Turban, reich bestickt mit weißen und grauen Perlen, lässt fast den ganzen Kopf unter sich verschwinden. Ein Halstuch in derselben Farbe verhüllt die untere Gesichtshälfte, nur die Augen, dunkel und fremd, sind darin zu sehen. Der Mann trägt einen Kaftan, das ist ein Überrock, tiefrot, glänzend wie Seide, weit und wallend fließt er ihm bis zu den Knien, darunter kommen helle, weite

Pluderhosen zum Vorschein. Bestickt ist der Kaftan mit Ornamenten, golden, silbern und schwarz. Die Ärmel sind mit Perlen, mit Edelsteinen behangen, die Nähte mit Gold durchwirkt. Bestickt sind auch die Hosen mit farbigen Mustern, die Seiten mit wunderschönen Perlen und Fransen durchwoben. Ebenso die glitzernden, gebogenen Schuhe. Um den Leib geschwungen ein breiter Gürtel. Mit Perlen besetzt, mit silbrig glänzenden Mustern bestickt, mit einer großen, goldenen Schnalle in der Mitte, ist er vielleicht das Kostbarste an dem Mann. Tief im Gürtel steckt eine Pistole mit langem Lauf, eine alte, eine fein gearbeitete, eine sichere Waffe, funktionell und todbringend. Neben der Pistole ein Krummschwert, ein alter Säbel. Hell blinkt die Schneide in der Sonne, farbig glitzern und funkeln die Edelsteine, die Diamanten und Saphire, am wohlgeformten Griff. Siehst du den Säbel, mein Junge? Siehst du den Säbel?"

Ich nickte. Ja, ich sah den Säbel und ich sah noch viel mehr. Ich sah den Grimm in den Augen des Mannes, sah die stolze Haltung, den sicheren Gang, herausgebildet über Generationen von Wüstenbewohnern, sah die Einheit von Mensch und Tier, sah das tiefe, tiefe Verwurzeltsein, die Verbundenheit dieser Menschen mit ihren Tieren, mit ihrer Welt.

„Gut so, mein Junge, gut. Der Mann hat dich also fast erreicht. Er blickt dich an, nur einen kurzen Moment, nur einen kurzen Augenblick durchblitzt dich der Blick und du gehst achtungsvoll zur Seite, machst den Weg frei. Gemessenen Schrittes geht er an dir vorüber, kein weiterer Blick, kein Lächeln, kein Erkennen in seinen Augen. An einer langen Leine führt er das Kamel. Im gleichen Schritt, im gleichen Rhythmus kommt das Kamel auf dich zu. Auf leisen, auf samtenen Sohlen geht es voran, links, rechts, links, rechts. Die Augen halb geschlossen, mit hoch erhobenem Kopf kaut es gemächlich vor sich hin. Von links nach rechts, von rechts nach links, immer wieder, wandert der Kiefer, gleichmäßig mahlend, unaufhörlich. Nun ist das Kamel fast bei dir. Dein Blick wandert nach oben, fällt auf die Sänfte. Von links nach rechts, von rechts nach links schwingt sie hin und her, sanft schwankt sie auf dem Höcker, hoch über dir, im ewig gleichen Rhythmus, im ewigen Gleichklang von Schritt und Tritt. Schön ist sie, die Sänfte, golden blinkt sie in der hellen Sonne, reich verziert, mit funkelnden, mit blitzenden Edelsteinen auch sie. Siehst du die Sänfte, mein Junge, siehst du sie? Achte auf die Sänfte, mein Junge, achte gerade auf sie."

Ja, ich sah die Sänfte, sah sie blitzen und blinken, sah sie schwingen, so sanft, so harmonisch auf dem Buckel dieses großen Kamels. Und ich sah noch viel mehr. Ich sah das große Fenster in der Türe mit dem silbernen Griff, verhangen mit dem feinsten, mit dem weißesten Vorhang, den man sich nur denken kann. Ich sah wie eine Hand, bronzen überhaucht, eine Hand, bemalt mit braunen, mit mystischen, uralten Zeichen und Ornamenten, nicht zu verstehen, nicht zu deuten, sah diese feingliedrige Hand, mit ihren langen, ringbestückten, den zartesten Fingern, sah, wie sie vorsichtig, fast zaghaft den Vorhang berührte und etwas zur Seite schob. Dann sah ich, wie sich ein Kopf nach vorne beugte, vielmehr ein Köpfchen, bedeckt mit einem Tuch, einem Tuche aus feinstem Stoff, in einem Türkis, wie es die zauberhaftesten Lagunen nicht hervorbringen können, sah das goldene Kettlein um die Stirn gewunden, an dem vollendete Perlen wie kleine Tränen, wie erstarrte Tropfen hingen, sah den Schleier über Mund und Nase, aus ebendem türkisen Stoff gewebt, über Kinn und Hals fallen, sah endlich in diesem verhüllten Gesicht, in diesem verborgenen Antlitz das Zauberhafteste, das Wunderbarste hervorleuchten, das ich je gesehen hatte, ich sah die Augen, diese schwarz umrahmten, diese großen, wundervollen Augen, mit einem erstaunten, mit einem wohlwollenden, einem gütigen Blick, gerade auf mich gerichtet, sah inmitten dieser Augen in das geheimnisvollste, das unergründlichste, das tiefste an Dunkel, das man sich vorstellen kann, ich blickte in diese Augen und diese Augen blickten in mich, in mein Innerstes, unverwandt, wissend, zeitlos, die Welt verschwand um mich her, es gab nur noch sie, diese Augen, diese wunderbaren Augen, ich drang ein in diese Augen, ich versank in diese Augen, tiefer und tiefer, ich …

Da schnippte etwas an meinem Ohr.

„Halt ein, mein Junge, halt ein! Wo bist du denn? Wo bist du denn? Ich bin gerade beim dritten Kamel angelangt, aber wo, in Gottes Namen, bist du denn?"

Ich schrak auf, konnte mich im ersten Moment nicht recht besinnen. Ja, wo war ich denn? Langsam, ganz langsam kam ich wieder zu mir, blickte um mich, sah den Garten schon fast im Dunkel liegen, sah einen sorgenvollen, einen prüfenden Blick des Nachbarn ganz nahe vor mir. „Gott sei gedankt, du bist wieder da! Für einen Moment dachte ich schon, du wärest in diese Traumwelt entschwunden. Ich hatte dich angerufen, aber du hast nicht reagiert, da machte ich mir Sorgen."

Ich war immer noch benommen, hörte seine Stimme wie aus weiter Ferne, aber doch seltsam klar und seltsam eindringlich, wie in mein Inneres fließen.

„Du warst bei der Sänfte, die ganze Zeit über, immer nur bei der Sänfte. Du bist bei der Sänfte hängengeblieben, stimmt's?" Und ein listiges Lächeln, ein wissendes Lächeln spielte um seinen schönen Mund. „Oh ja, mein Junge. Dir hat sie ihr Geheimnis schon früh offenbart, die Rose, früh, ja, ja, sehr früh. Bewahre es gut in deinem Herzen, denke immer daran."

Entspannt lehnte er sich in seinen Stuhl zurück. „Aber nun geh, mein Junge, geh jetzt! Es ist schon spät. Deine Mutter macht sich bestimmt Sorgen um dich, wenn du erst zu so später Stunde nach Hause kommst."

Ich stand schwerfällig vom Boden auf.

„Wollen Sie nicht auch ins Haus gehen? Soll ich Ihnen dabei helfen?"

„Nein, danke, mein Junge." Und er kicherte wieder leise in sich hinein. „Das ist sehr freundlich von dir, aber ich bleibe lieber noch ein wenig hier draußen sitzen, ich komme dann schon zurecht. Und wenn du mich wieder besuchst, werde ich dir noch so manches Geheimnisvolle, so manch kleines Wunder in meinem Garten zeigen. Aber geh jetzt! Und grüße deine Mama von mir."

„Na dann, gute Nacht, Herr Liebermann."

„Gute Nacht, mein Junge."

Indes, es kam nicht mehr dazu. Es war noch keine Woche vergangen, ich war eben aus der Schule nach Hause gekommen, da teilte mir meine Mutter mit, dass vor ein paar Stunden ein Krankenwagen vor Herrn Liebermanns Haus gestanden hätte. Sie habe natürlich nichts Genaues gesehen, doch glaubte sie, man hätte Herrn Liebermann in den Wagen geladen. Dem war dann auch so. Herr Liebermann kam nicht wieder. Und auch lange Zeit danach betrat niemand das Haus und den Garten unseres Nachbarn. Schließlich rückte eine Baufirma an, riss das alte Häuschen

nieder und baute an dessen Stelle einen komfortablen Dreispän-
ner mit einer schicken Dreifachgarage. Von dem alten Garten
blieb kaum etwas übrig. Auch wir verließen diese Gegend bald.
Mein Vater hatte ein neues Projekt in einer anderen Stadt gefunden und unser Garten, mit dem sich meine Eltern so viele Mühe
gegeben hatten, verwaiste bald.

Hingegeben stand ich nun da, vor diesem kleinen Vorgarten
in London, inmitten des köstlichsten Rosenduftes, erstaunt, ergriffen, entrückt, versäumte die U-Bahn, versäumte das Meeting,
verlor vielleicht einen Auftrag. Doch gewann ich dafür etwas
viel Wichtigeres, einen Schatz, eine Erinnerung, eine kurze Episode meines Lebens, die tief in mir verborgen, wohl reiner und
klarer erhalten geblieben ist als manche Ereignisse der späteren
Jahre. Denn es ist seltsam, obwohl ich in meinem Leben viel ge-
reist bin, auch in den Nahen Osten, habe ich mich nie mehr an
diese Episode erinnert. Erst die Rose, die Damaszener Rose,
holte diese Erinnerung tief aus meinem Innersten hervor. Und
wenn ich heute an die Nachbarn von damals, an ihre Häuser und
ihre Gärten zurückdenke, wirkt alles irgendwie undeutlich und
unscharf und selbst unser Haus, unser Garten, ist nur grob in meiner Erinnerung haften geblieben, bar jeder Einzelheiten.

Einzig der Garten von Herrn Liebermann steht frisch und klar
in meiner Erinnerung, die Rosen, die Bäume, die Wiese voller
bunter Blumen. Und Herr Liebermann selbst, mit seinen Runzeln, der zerschlissenen Hose, dem feinen Mund und den lachenden Augen. Und ich höre wieder klar und deutlich das „mein
Junge" in meinem Ohr und das leise, das in sich gekehrte Ki-
chern.

Der Tauchunfall

Silbrig glänzten die Palmwedel im hellen Mondlicht, leise raschelten sie im leichten Wind, leuchtend zog der Mond eine breite Bahn durch das Meer. Franz stand am Pool, mit einer Zigarette in der Hand blickte er auf das Meer hinaus. Es war schön hier, sehr schön, doch konnte er sich kaum auf das grandiose Naturschauspiel konzentrieren. Er musste an seine Frau denken, Marie, die jetzt im Hotelzimmer auf- und abging, die Kleine auf dem Arm – Melanie. Wieder und wieder stellte er sich dieselbe Frage. Was war da bloß los? Warum konnte die Kleine nicht so sein wie andere Kinder auch? Mit Ben hatte es ja auch keine Probleme gegeben. Er war jetzt fast sechs, aber außer den Dreimonatskoliken am Anfang hatte es mit ihm fast keine schlaflosen Nächte gegeben. Und Melanie? Seit zwei Jahren! Immer wieder Melanie!

Franz sog gierig an der Zigarette. Er hatte es sich so schön vorgestellt. Hier in Ägypten, hier am Meer, weg von allem, vor allem weg vom Büro, hatte gehofft, sich etwas erholen zu können, schlafen zu können. Schlafen! Endlich wieder durchschlafen! Aber es war das Gleiche wie zu Hause. Melanie schrie und weinte fast die ganze Nacht. Und seine Frau trug sie auf den Armen, Stunde um Stunde, damit er, Franz ein wenig schlafen konnte. Doch daheim war er immer ins Wohnzimmer ausgewichen und wenn er auch ständig Kreuzschmerzen hatte, von der unbequemen Couch, so war er doch die eine oder andere Stunde in einen nervösen, einen erschöpften Schlaf gesunken.

Aber hier? Er konnte nicht ausweichen in diesem kleinen Hotelzimmer. Nacht für Nacht ging er in den Parkanlagen des Resorts umher, allein, rauchte eine Zigarette nach der anderen, viel mehr als ihm guttat, fand etwas Ruhe auf den harten Bänken. Die Liegen am Pool waren zusammengeklappt und weggesperrt. Warum, warum eigentlich?

Und das ging nun schon drei Tage lang so. Franz nahm einen tiefen Zug. So konnte es nicht weitergehen. Nein, so konnte es nicht weitergehen. Er dachte an Marie. Eben noch hatte er sie angeschrien, aus Wut und Verzweiflung hatte er sie angebrüllt. Aber sie hatte nicht geantwortet. Nie sagte sie ein Wort, wenn er sie anschrie, wenn er sie beleidigte. Immer sah sie ihn nur an, sah ihn an mit diesen dunkel umrandeten, entzündeten Augen, die nun schon so tief in ihren Höhlen lagen. Starr, unbewegt und stumm hielt sie den Blick auf ihn geheftet, auf ihn, der vor ihr schrie und tobte. Ein stiller Vorwurf, eine Anklage, der ganze Ausdruck. Und da hatte er es nicht mehr ausgehalten, war aus dem Zimmer gelaufen, wie so oft, hatte sich eine Zigarette angezündet und noch eine und noch eine.

Zitternd stand er am Pool, in Shorts und Flip-Flops. Warum war es auch so kalt hier, so verdammt kalt! Waren sie nicht in der Wüste? Nein, so konnte es nicht weitergehen. Wütend schnippte er die Asche in den Pool. Und wieder stellte er sich die Frage, zum tausendsten, zum zehntausendsten Mal. Was war nur mit dem Kind los? Überall waren sie gewesen. Bei allen möglichen Ärzten. Eine Odyssee! Doch immer die gleiche Antwort: Mit Ihrem Kind ist alles in Ordnung. Versuchen Sie doch dies, versuchen Sie doch das. Und alles hatten sie versucht. Doch nichts hatte geholfen. Dann waren sie bei Heilpraktikern gewesen, hatten es mit Globuli versucht, mit Ernährungsumstellung, mit tibetischer, mit traditioneller chinesischer Medizin. Nichts.

Nichts! Nichts hatte geholfen. Schließlich waren sie auch beim Psychologen gewesen, hatten ihre eigenen Traumata aufgearbeitet, hatten Therapie um Therapie über sich ergehen lassen. Wieder nichts! Franz tat einen tiefen Atemzug. Gerne hätte er jetzt eine Palme angeschrien oder diesen Sprungturm hier am Pool, hätte jetzt am liebsten aus Leibeskräften gebrüllt, wie manchmal zu Hause im Keller. Aber er hätte damit das ganze Hotel aufgeweckt. Nein, das ging nicht. Mit raschen Schritten ging er um den Pool, um sich abzureagieren, um sich etwas aufzuwärmen.

Dabei war Melanie am Tage das fröhlichste, das aufgeweckteste Kind, das man sich nur vorstellen konnte, spielte zufrieden mit sich oder mit Gleichaltrigen, ließ sich nichts, aber auch gar nichts anmerken von all dem Weinen, von all den durchwachten Nächten. Gut, sie schlief mittags zwei Stunden, oft noch länger. Und das war auch die einzige Zeit, in der er, Franz, und Marie ein wenig Ruhe fanden. Doch reichte das bei Weitem nicht aus, sich zu erholen, bei Weitem nicht. Er, Franz, fuhr schon nach zehn Minuten dieses Geschreis aus der Haut, wurde wütend, rasend, fing zu toben an. Sicher, es war verkehrt, war das Verkehrteste, das er nur tun konnte. Aber was sollte man auch machen? Diese Hilflosigkeit, dieses Nichts–tun-Können vor allem, das war es, was Franz am meisten zu schaffen, was ihn so rasend machte. Wie bewunderte er oft seine Frau, wenn sie still und hingegeben Stunde um Stunde auf- und abging, die Kleine schaukelte, die Kleine liebkoste, sie streichelte, ruhig und sanft auf sie einsprach, wenn sie, selbst zum Umfallen müde, in das Wohnzimmer, sogar in den Keller hinabging, nur damit er ein paar Stunden Schlaf fände. Ja, Marie, seine Frau Marie. Wie schaffte sie das nur? Wie hielt sie das nur aus? Sie, die zarte, sie, die sanfte, die schlanke, ruhige Marie. Dünn war sie geworden, so furchtbar dünn, seitdem Melanie da war. Wo nahm sie nur diese Kraft her, Nacht für Nacht? Wie hasste er sich zuweilen, da er so oft mit ihr stritt, nein, nicht stritt, dass er ihr lautstark Vorwürfe machte in seiner Verzweiflung. Immer häufiger kam es vor, dass er dann aus dem Haus lief in die Kneipe um die Ecke, dort seinen Frust in einem Glas Gin ersäufte und in noch einem und noch einem, um dann, wenigstens für ein paar Stunden in einen traumlosen, todesähnlichen Schlaf zu fallen. Gerädert und müde ging er morgens ins Büro, noch müder kam er abends heim. Er konnte sich kaum mehr auf seine Arbeit konzentrieren, machte Fehler, immer wieder machte er Fehler. Ach, Gott!

Müde setzte Franz sich auf eine Parkbank. Zum Schlafen war er jetzt zu aufgedreht. Umständlich zündete er sich eine Zigarette an. Still lag das Resort, hell leuchteten die Sterne am Firmament. Wie schön das alles war. Wie friedlich. Wie erholsam das alles sein könnte. Franz tat einen tiefen Atemzug. Und dann war ihm vor ein paar Wochen diese Idee gekommen: Wieder einmal Urlaub machen in diesem Resort, in dieser Anlage am Meer, am wunderbaren Korallenriff. Hier waren sie schon einmal gewesen, wie lange war das doch her. Damals hatten sie einen wunderbaren Urlaub verlebt, hatten geschnorchelt, hatten die Wüste erkundet. Wie war das schön gewesen, wie herrlich, er und Marie, seine geliebte Marie. Ach, damals war noch alles in Ordnung gewesen. Franz zog kräftig an seiner Zigarette. Langsam blies er die hellgraue Wolke in die klare Sternennacht.

Plötzlich fiel ihm etwas ein. Mit Ingrimm erinnerte er sich an den Tag, an dem er seinem Vorgesetzten die Urlaubswünsche präsentiert hatte.

„So geht das nicht!", hatte ihm der Abteilungsleiter geantwortet. „Nein, nein, so geht das nicht! Sie können jetzt nicht weg! Sie wissen ja, dass wir von oben die Order haben, dreißig Prozent mehr Umsatz. Und wir hinken jetzt schon ganz übel hinter den Vorgaben her. Und übrigens! Ich wollte schon länger einmal mit Ihnen reden. Ihre Leistung lässt in letzter Zeit ziemlich zu wünschen übrig. Wenn das nicht besser wird, dann muss ich da bestimmte Maßnahmen ergreifen." Das hatte er gesagt, sein Abteilungsleiter. Franz hatte sehr an sich gehalten. Am liebsten hätte er ihm ins Gesicht geschrien, diesem Abteilungsleiter, diesem Lump, wie ekelhaft er es fände, dass er, sein Vorgesetzter, alle paar Tage einmal im Büro erscheine, mit seinem Porsche, dass er sich nicht vorstellen könne, wie das sei, mit einem jämmerlichen Gehalt über die Runden kommen zu müssen, dabei immer mehr leisten zu müssen, Überstunden, immer mehr Überstunden, dass alle hier im Büro jetzt schon am Limit ständen, überarbeitet und ausgebrannt seien.

Aber er war ruhig geblieben, hatte versucht zu erklären, dass er, gerade weil er so viel arbeite, jetzt unbedingt ein paar Tage Urlaub brauche, er gerade in einer schwierigen Situation sei, sein Kind krank, seine Frau dringend erholungsbedürftig, es …

„Tut mir leid! Urlaub ist jetzt nicht drin. Und das ist mein letztes Wort!", hatte ihm der Abteilungsleiter das Wort abgeschnitten.

Franz erinnerte sich mit einem hämischen Grinsen ganz genau, wie er ruhig aus dem Büro gegangen war, bedächtig hatte er die Türe hinter sich zugezogen. Kein Gruß, keines Blickes mehr hatte er seinen Vorgesetzten gewürdigt. Ohne Umwege, beherrscht und gefasst, war er die drei Etagen höher gegangen, zum Chef, zum Firmenchef. Lange hatte er warten müssen, sehr lange. Dann aber hatte er auch diesem eindringlich die Situation erklärt, wie zuvor dem Abteilungsleiter.

„Nun", hatte der Chef geantwortet, „Ihr Vorgesetzter hat schon recht, die Lage ist zurzeit nicht besonders rosig. Aber Sie sehen wirklich schlecht aus und ich denke, ein paar Tage werden wir für Sie schon herausschinden können." Und er hatte ihm eine Woche frei gegeben.

Franz schleuderte die Kippe auf den Boden. Er dachte an das Gesicht, das sein Vorgesetzter gezogen hatte, als er ein paar Wochen später in den Urlaub gegangen war.

„He, he, he!" Genüsslich und mit einem Grinsen trampelte er auf der Kippe herum, stellte sich den Abteilungsleiter unter seinen Füßen vor, dachte an dessen Porsche und das ganze überhebliche Gehabe.

Doch sogleich trat wieder Ernüchterung ein. Er hatte sich den Urlaub erkämpft, ja. Aber hatte er damit etwas gewonnen? Nicht auszudenken, was geschehen würde, wenn er so erschöpft und ausgebrannt ins Büro zurückkehren sollte. Er musste sich erholen, musste wieder zu Kräften kommen, um jeden Preis. Er überlegte noch, ob er nicht doch eine Decke holen und sich auf eine der Parkbänke legen sollte, da nahm er im Strandbungalow einen Lichtschein, die Bewegung von Leuten wahr.

Wer konnte das wohl sein? Es war schon nach Mitternacht. Interessiert näherte er sich der Strandhütte und mit einem Mal war es ihm klar. Das war die Tauchschule! Natürlich! Sie kehrten gerade von einem Nachttauchgang zurück. Franz ging näher heran, neidisch sah er in die müden, aber glücklichen Gesichter, interessiert beobachtete er, wie sie die Geräte reinigten, spülten und an ihre Plätze hängten. Die meisten der Hotelgäste waren

Deutsche, auch die Tauchschule war in deutscher Hand.

„Na, wie war's?", fragte er die junge Frau, die ihm am nächsten stand und gerade ihre Pressluftflasche verstaute. Mit einem Lächeln drehte sich diese zu ihm herum. „Es war gigantisch! Es ging schon los, kaum dass wir die Bucht verlassen hatten. Dieses Meeresleuchten an der Oberfläche! Du springst in voller Montur ins Wasser und alles um dich herum explodiert in einem gleißenden Lichtball. Bei jeder Bewegung, bei jeder Drehung leuchtet und funkelt es um dich her, als ob dich tausend Lampen anstrahlen. Die Fische, die um dich schwimmen, ziehen eine Leuchtspur durchs Wasser, wie Torpedos. Das gibt ein Feuerwerk, wie man es sich schöner nicht ausdenken kann. Hältst du dich aber ganz ruhig, dann erst siehst du so richtig die verschiedenen Organismen, wie sie blinken, glitzern, leuchten, Tiere so komisch in ihren Formen, ihren Bewegungen, wie du sie tagsüber nie zu sehen bekommst. Da gibt es langgestreckte, schlangenähnliche Kreaturen mit hellen Köpfen, runde Quallen mit rötlichen Augen, dann wieder kleine leuchtende Pünktchen, die wie Satelliten durch das Wasser schießen. Das ist ein Schlängeln, Robben, Fliegen, ein Treiben um dich her, unglaublich. Und wenn du dann auf Tiefe gehst, an das Riff heran, erlebst du die nächste große Überraschung. Es tauchen ganz andere Fische auf, als du es vom Tag her gewohnt bist. Es ist die Stunde der Räuber. Wir sahen Gruppen von Weißspitzenriffhaien. Sie wissen schon, die trägen, am Tag oft am Boden liegenden Haie. Jetzt in der Nacht tummeln sie sich wie wild in den Korallen. Sie durchstöbern hektisch alle nur möglichen Löcher und Spalten nach Fressbarem. Und wehe dem Fisch, der sich jetzt nicht reglos oder gut getarnt in seinem Versteck hält."

„Aber hatten Sie denn gar keine Angst?", fragte Franz.

„Nun, ein wenig unheimlich ist es schon, wenn die Haie so

plötzlich im Kegel der Scheinwerfer auftauchen. Aber man gewöhnt sich ziemlich bald daran. Und dann ist es nur noch faszinierend." Franz nickte zustimmend.

„Aber das Beste, das Beste kommt noch", fuhr sein Gegenüber fort. „Unser Tauchlehrer hatte eine UV-Lampe dabei und als wir so über den Korallen dahinglitten, bat er uns, unsere Lampen auszuschalten. Und Sie werden es nicht glauben! Aber diese braunen, gelben, am Tage fast wie tot wirkenden Korallen leuchten plötzlich in allen nur denkbaren Farben auf. Sie strahlen in Rot, Grün, Gelb um die Wette und das ergibt ein Bild, eine Farbenpracht wie sie ein Van Gogh in seinen besten Zeiten nicht besser hätte malen können. Das müssen Sie sich unbedingt selber einmal ansehen!" Die Augen dieser jungen Frau strahlten noch jetzt wie verzaubert. Franz sah es genau und sah es auch mit etwas Neid, da hob diese noch einmal an. „Aber es tut mir leid, ich bin hundemüde. Ich möchte jetzt nur noch auf mein Zimmer gehen … und schlafen. Ich glaube, die fahren morgen Nacht wieder hinaus. Ich kann es Ihnen wirklich nur empfehlen." Sie drehte sich ohne ein weiteres Wort um und entschwand in Richtung Hotel.

Ja, das wäre vielleicht etwas für mich, dachte Franz. Schlafen kann ich ja sowieso nicht. Er ging zum Tauchlehrer, der mittlerweile alleine an den Geräten hantierte.

„Hallo!", grüßte Franz, „jetzt hat mir diese junge Frau so begeistert von ihrem Nachttauchgang vorgeschwärmt, dass ich fragen wollte, ob Sie mich morgen Nacht auch mitnehmen würden."

„Ja, heute war es besonders schön, wir hatten ein unglaubliches Meeresleuchten. Aber morgen am Abend soll sich das Wetter ändern. Wir bekommen starken Wind und können morgen Nacht nicht hinaus, wahrscheinlich auch die nächsten Tage nicht.

Doch wir fahren morgen Vormittag zu dem kleinen Riff vor der Küste. Vielleicht wäre das etwas für Sie. Es liegt nur auf zehn Meter Tiefe, ein schönes Riff, kaum Strömung, völlig ungefährlich, also auch für Anfänger interessant. Sie haben doch einen Tauchschein?"

„Ja, ja, einen Tauchschein habe ich wohl. Ich bin aber schon einige Jahre nicht mehr getaucht."

„Na, dann wäre das ja genau das Richtige für Sie. Dieses Riff ist ideal, um die Grundkenntnisse wieder einmal aufzufrischen. Es ist noch ziemlich intakt und wenn wir Glück haben, sehen wir einen der Großfische, einen Napoleonfisch oder Manta oder sogar einen Hai. Sie brauchen sich nur dort in die Liste einzutragen. Um neun Uhr ist Abfahrt, hier am Steg."

„O.K., ich bin dabei. Wo, sagen sie, ist die Liste?" Franz trug sich in die Liste ein und in gehobener Stimmung ging er zum Hotel zurück.

Ein wenig nagte allerdings das schlechte Gewissen an ihm. Schließlich ließ er Marie einen halben Tag lang mit den Kindern alleine.

Sie hatten es ja versucht! Franz hatte einen Plan erstellt, wie sie sich abwechselnd um die Kinder kümmern und dann jeweils alleine zum Schnorcheln hätten gehen können. Doch es hatte nicht funktioniert. Marie war nicht lange weggeblieben. Ohne Franz mache es ihr keinen Spaß, hatte sie gesagt. Außerdem wäre sie zu müde, hatte sie gesagt. Dann war Franz gegangen. Aber auch er hatte nicht die Freude, nicht die Erholung gefunden, die er sich erhofft hatte.

Das Hausriff war noch schön, es gab dort immer noch eine

Menge zu entdecken. Aber viel zu viele Leute waren unterwegs. Und das waren beileibe nicht immer Schnorchler. Ohne Flossen, nur mit Badeschuhen – mit Badeschuhen! – waren sie ein Spielball von Wind und Wellen, trampelten, Halt suchend, auf dem Riff herum. Ungeübt wie sie waren, beschäftigten sie sich ständig mit sich und ihrer Maske, hatten kein Auge für die Schönheiten, die sie umgaben, hatten keinen Respekt für das fragile, empfindliche Ökosystem unter ihren Füßen. Nun, wenn sie es doch einmal schafften, ein paar Meter hinab zu schnorcheln, hielten sie sich an den Korallen fest, was verboten war, ruderten gegen den ständigen Auftrieb mit den Füßen an, brachen damit feinste Fächerkorallen, Weichkorallen und anderes ab, was erst recht verboten war und Franz sah es nicht selten, dass sie die eine oder andere Muschel, einen Seestern oder Korallenstücke mit nach oben brachten. Das war aber nun strengstens verboten. Hinweisschilder erinnerten überall daran. „Mann, ihr zerstört doch das, weswegen ihr hergekommen seid", dachte Franz des Öfteren und fragte sich: „Weswegen seid ihr denn überhaupt hier?"

Er versuchte, weiter draußen vor der Küste zu schwimmen, da hatte er wenigsten seine Ruhe. Aber auch das wurde ihm verwehrt. Entfernte er sich zu weit vom Strand, wurde er vom Bademeister zurückgepfiffen. Kam er auf das Nachbargrundstück, wurde er zurückgepfiffen. Das machte alles keinen Spaß. Es beraubte ihn aller Faszination, aller Neugierde. Wie war das vor Jahren noch schön gewesen. Welch ein Unterschied zu seinem jetzigen Aufenthalt. Stundenlang war er an den damals völlig unbebauten Küstenabschnitten unterwegs gewesen, hatte jeden Tag, jede Minute etwas Neues entdeckt. Stundenlang war er geschwommen, versunken in dieser bunten, zauberhaften Unterwasserlandschaft, zufrieden mit sich und der Welt. Eingebettet in dieses warme, so vertraute Element Wasser, hatte er etwas wie Ankommen, wie Heimkehren gefühlt. Nun, daran war jetzt nicht mehr zu denken. Fand er endlich eine Ecke, an der er in Ruhe Fische, Korallen, Krebse und Weichtiere betrachten konnte, nagte an ihm das Gewissen, dachte er an Marie, wie sie übermüdet am Pool lag und auf die Kinder achtete. Daher trieb es auch ihn bald aus dem Wasser und er kam unzufrieden, angeekelt und missgelaunt zu seiner Familie zurück.

Nein, bisher war alles anders verlaufen, als er sich das vorgestellt hatte. Vielleicht brachte das Tauchen ja die Wende, hob seine Stimmung, wenigstens für ein paar Stunden. Vor der Zimmertüre stehend, überlegte er ein paar Minuten. Sollte er wirklich schon eintreten? Sicher, es war weit nach Mitternacht, aber vielleicht hatte Melanie schon ihre erste kurze Schlafphase. Vorsichtig legte er das Ohr an die Tür. Nichts zu hören. Na denn! Leise öffnete Franz die Tür, behutsam schlich er ins Zimmer. Es war still. Er legte sich auf das Bett zu Marie, die von ihm abgewandt zu schlafen schien.

„Schläfst du schon?", fragte Franz und biss sich im gleichen Augenblick auf die Lippen, kam sich furchtbar dumm vor wegen dieser Frage. Aber zu seiner Verwunderung antwortete Marie ganz leise mit einem Nein. Da rückte er eng an sie heran, umschlang sie mit seinen Armen und flüsterte ihr ins Ohr. „Du, ich habe für morgen Vormittag einen Tauchausflug gebucht. Hier an unserer Tauchschule. Bist du noch sehr böse?" Marie drehte sich zu Franz herum, strich ihm über das Haar. „Aber nein, geh nur. Ich weiß ja, wie enttäuscht du vom Schnorcheln hier am Hausriff bist. Ich bin es ja auch. Aber bringe ein paar schöne Fotos mit, hörst du?" Da küsste Franz sie auf die Wange und fiel fast im selben Augenblick in einen dumpfen, einen traumlosen Schlaf. Nur einmal wurde er fast wach, hörte ein gedämpftes Weinen, drehte sich benommen im Bett herum und sah Marie verschwommen im Zimmer auf- und abgehen.

Am Frühstückstisch herrschte eine angenehme Stimmung. Zum ersten Mal in diesem Urlaub war Franz entspannt, hatte gute Laune. Und es gelang ihm sogar, mit ein paar Späßen die Kinder zum Lachen zu bringen. Selbst Marie, müde und übernächtigt, musste dabei schmunzeln.

Guter Dinge ging Franz zum Tauchshop. Die anderen waren schon vollzählig. Der Tauchlehrer gab gerade die Einweisung und Franz stellte sich in die Runde. Interessiert betrachtete er seine Mitausflügler. Außer ihm waren noch fünf Personen mit von der Partie, alles Deutsche. Da war ein junges Pärchen. Eng umschlungen standen die beiden in der Runde. Sie schienen noch nicht lange zusammen zu sein, es war vielleicht ihr erster gemeinsamer Urlaub. Er, ein drahtiger Bursche mit langem Pferdeschwanz, Tätowierungen auf Schultern und Armen, hielt sie mit seinen Armen zärtlich umfangen. Er lächelte, war ganz Ohr. Sie, schlank, mit langen blonden Haaren, schmiegte sich eng an ihn. Das hübsche Köpfchen an seine Brust gelehnt, bekam sie von der Einweisung offensichtlich nicht viel mit. Dann war da ein älteres Ehepaar mit seiner etwa sechzehnjährigen Tochter. Die Frau machte einen ungünstigen Eindruck auf Franz. Groß, schlank, die langen Beine weit gespreizt, die Hände vor der Brust verschränkt, stand sie da und verfolgte aufmerksam die Darlegungen des Tauchlehrers. Braungebrannt und durchtrainiert der Körper, das Haar zu einem kurzen Schwänzchen streng nach hinten gekämmt, war sie zweifellos eine schöne Frau, wirkte aber stolz und überheblich. Selbst das Gesicht mit seinen ebenmäßigen, markanten Zügen wirkte verhärmt, verspannt und einzig die Augen, die hellen, blauen Augen, strahlten etwas wie Freundlichkeit, etwas wie Milde aus. Eine Powerfrau, ohne Zweifel, dachte Franz. Eine Frau, die wusste was sie tat, eine Frau, die mitten im Leben stand. Ganz anders erschien ihm ihr Ehemann. Braungebrannt und durchtrainiert auch er, mit einem attraktiven, einem sympathischen Gesicht. Doch wirkte das sanfte, das gewinnende Lächeln etwas unsicher, etwas zu aufgesetzt, zu geschäftsmäßig. Seltsam unbeteiligt, schien er nicht recht bei der Sache zu sein. Er stand hinter seiner Frau und betrachtete mit Aufmerksamkeit die anderen Teilnehmer. Am besten von den dreien gefiel Franz die Tochter. Nicht eben groß, aber schlank, mit dunklen, langen Haaren, hatte sie die Schönheit der Mutter geerbt. Keck stand sie vor ihrer Mutter, dem Tauchlehrer am nächsten. Doch schenkte auch sie ihm kein Gehör. Ihre wachen, blauen Augen waren unentwegt auf das junge Pärchen gegenüber gerichtet. Gebannt starrte sie auf die beiden und mit leicht geöffnetem Mund, mit einer fast ungenierten Kindlichkeit verfolgte sie jede Zärtlichkeit, jede Liebkosung des Liebespaares.

Franz musste darüber lächeln, er war zufrieden. Es war eine gute Gruppe und der Ausflug schien interessant zu werden. Bald schon war die theoretische Einweisung beendet und die Gruppe machte sich mit den Geräten vertraut. Franz hatte etwas Mühe, die Schläuche und Verbindungen gleich richtig zuzuordnen. Der junge Bursche arbeitete neben ihm.

„Na, schon länger nicht mehr getaucht, was?" Franz nickte.

„Passen Sie auf! Das muss hier rein und das muss da dran. Ist ja ganz einfach. Im Grund ist es immer das Gleiche, trotz der ganzen technischen Fortentwicklung."

„Danke, danke. Es ist tatsächlich schon eine kleine Weile her, dass ich das letzte Mal beim Tauchen war", erwiderte Franz. Und wirklich, fand er sich bald schon wieder in die Abläufe hinein. Größere Probleme hatte er beim Anlegen des Tauchanzuges. Mit Neid betrachtete er die schlanken, durchtrainierten Körper, wie sie mit geübten Griffen flugs in den Anzügen verschwanden. Verbissen kämpfte er mit der Hose, musste sich auch hier wieder vom Kollegen helfen lassen. Doch der lachte nur. Das konnte ja heiter werden. Franz setzte sich erst einmal auf die Bank, um auszuruhen. Er war schon etwas ins Schwitzen geraten und beobachtete jetzt die anderen bei den Vorbereitungen. Das junge Pärchen war geübt, das sah man sofort. Mit sicheren Griffen machten die beiden die Geräte fertig, schon standen sie abmarschbereit in ihren Anzügen. Die Mutter half der Tochter beim Gerätecheck. Eindringlich erklärte sie das Prozedere, mit deutlicher Gestik erklärte sie wieder und wieder die Abläufe, ohne Pause redete sie auf ihre Tochter ein, die sichtlich genervt nur mit halbem Ohr zuhörte. Franz musste lächeln. Jetzt wäre eine Zigarette recht, dachte er bei sich. Dann blickte er auf sein Bäuchlein hinab, das aus dem noch offenen Reißverschluss hervorquoll, dachte an die vielen Zigaretten der letzten Wochen, dachte an die Mengen an Alkohol, die er in sich hineingeschüttet hatte, schüttelte den Kopf und sagte zu sich: „Nein! Nein! Auch das muss sich wieder ändern."

Der Rest der Gruppe hatte die Geräte nun beisammen, machte sich zum Aufbruch bereit und Franz beeilte sich, mit seiner Ausrüstung fertig zu werden. Zum Glück lag das Boot am Steg nicht weit entfernt. Es gefiel Franz. Ein schönes, ein schnittiges Boot, ausgerüstet mit zwei starken Motoren. Freundlich lächelte der Skipper ihnen zu. Franz genoss die schnelle Fahrt. Mit geschlossenen Augen saß er auf der Bank, ließ den Fahrtwind den

Schweiß auf seiner Haut trocknen. Nach etwa zwanzig Minuten waren sie an Ort und Stelle. Von oben war nicht viel zu sehen. Das Meer wirkte an dieser Stelle, wie überall, blau und tief, doch heute ohne Wind und ohne Seegang. Mit sicherem Griff vertäute der Skipper das Boot an der Boje. Ein leichter braungrüner Schimmer in der Tiefe ließ erahnen, wo das Riff begann. Jetzt hatte Franz die Neugierde gepackt. Oh, wie war das früher immer schön gewesen, diese Vorfreude, dieser Unternehmungsgeist, diese Faszination. Neue Riffe, neue Unterwasserwelten, neue Tiere und Korallen warteten bei jedem Tauchgang auf ihn, bestachen durch eine schier unendliche Vielfalt an Formen, an Farben, an Daseinsmöglichkeiten. Freude durchströmte Franz. Und während die anderen den letzten Hinweisen des Tauchlehrers lauschten und sich zögerlich und etwas unsicher umsahen, begann er schon, seine Ausrüstung anzulegen. So, zuerst Luft raus und Bauch rein, dann den Reißverschluss hoch. Gut, der Anzug war zu, jetzt das Jacket anlegen, den Lungenautomaten, Geräte prüfen, Maske auf, in die Flossen war er schon vorher geschlüpft, dann ein Blick zum Tauchlehrer, aha, ein Lächeln von diesem, also Daumen hoch und Franz ließ sich rücklings über die Bordwand fallen.

Sofort umfloss ihn eine angenehme, milde Kühle. Er checkte nochmals Geräte und Schläuche, dann wartete er an der Oberfläche treibend. An Bord des Bootes war einiges Getriebe zu sehen. Aha, jetzt kam das Pärchen ins Wasser. Lachend gesellten sich die beiden zu Franz, auch sie voller Vorfreude, auch sie aufgeregt.

„Hallo Franz! Wir sollen mit dem Skipper auf drei Meter Tiefe gehen, dort noch einmal alles überprüfen. Der Tauchlehrer hat noch mit der Familie zu tun. Sie kommen aber gleich. Ah, da ist der Skipper ja schon!" Dieser nickte nur und gab das Zeichen zum Abtauchen. Auf drei Meter Tiefe hielten sie inne. Franz hatte zunächst Schwierigkeiten, sich auszutarieren, aber dann spürte er es wieder, dieses unbeschreibliche Gefühl, dieses fantastische, wunderbare Gefühl der Schwerelosigkeit. Er wurde ganz ruhig. Langsam ließ er den Atem einströmen, langsam ließ er ihn wieder ausströmen. Er merkte, wie er beim Einatmen leicht emporstieg und beim Ausatmen leicht hinabsank. Ein schwereloses, nur durch die Atmung bewegtes Auf und Ab. Er überkreuzte die Beine leicht, verschränkte die Arme vor der Brust. Auf und ab, auf und ab. Seine Augen strahlten. Lächelnd umschlossen die Lippen das harte Mundstück. Langsam drehte er sich um sich selbst, dann versuchte er einen Purzelbaum. Es gelang! Er musste laut lachen. Oh, wie hatte er dieses Gefühl vermisst! Diese freie Bewegung im Raum, in den drei Dimensionen, nicht gebunden durch Schwerkraft, kaum gehemmt durch dieses weiche, kühle Element. Und eine andere Empfindung tauchte wieder auf. Obwohl nur zwei Meter neben ihm, schienen alle anderen Taucher plötzlich unendlich weit entfernt. Franz fühlte sich allein und doch nicht allein und er war ganz und gar bei sich, fühlte sich losgelöst, losgelöst von allem, hörte nur seinen Atem, spürte nur diese sanfte Bewegung, dieses Auf und Ab, immer wieder Auf und Ab.

So war es ihm früher immer gegangen, auch beim Schnorcheln. In dem Moment, als er die Oberfläche des Meeres, als er das Gewohnte, die Luft, das Licht, die anderen hinter sich gelassen hatte, waren auch seine Sorgen, die Nöte, alle Belastungen, die so schwer, so drückend auf ihm gelastet hatten, verschwunden. Immer war es ihm so gegangen. Mit dem Abtauchen ließ er alle Probleme an der Oberfläche zurück, gehörte nur noch sich selbst, kümmerte sich nur um sich, fühlte nur sich. Gewiss, da gab es Marie, Melanie, Ben, seine Arbeit, seine Probleme, doch waren diese in weite Ferne entrückt, schmerzten nicht, brannten nicht und er wusste es jetzt schon, er würde ruhig und gestärkt von diesem Ausflug zurückkehren.

Auf und nieder, auf und nieder. Er hätte stundenlang dieses Spiel treiben können. Doch schon sammelten sich die Taucher, schon waren die O.K.-Zeichen ausgetauscht, schon brach die Gruppe in Richtung Riff auf. Franz war der Letzte. Immer war er der Letzte in der Gruppe gewesen. Während die anderen Taucher meist nur den Großfischen nachstellten, liebte Franz es, die einzelnen Korallen zu untersuchen, einzudringen in die Geheimnisse und Vielfältigkeiten des maritimen Lebens. Fast an jedem dieser Korallenstöcke gab es etwas zu entdecken, etwas Neues, etwas Unbekanntes. Die vielen Nischen, die vielen Höhlen bargen eine Unzahl an Muscheln, an Seesternen, Seeigeln, an Krebsen, an Polypen, an Algen und Vielem mehr. Franz war gespannt, war so gespannt darauf, was er heute würde sehen können. Langsam schwamm er hinter den anderen her, fast automatisch machte er die Kamera bereit.

Die Gruppe bewegte sich auf das Riff zu. Aus unendlicher, aus düster grauer Tiefe stieg der Meeresboden rasant an, um in einer großen, breiten Kuppe fast die Wasseroberfläche zu erreichen. Vom Riff konnte Franz zunächst nur zwei felsenartige Türme erkennen, die wie Wächter eine tiefe Schlucht oder Canyon bewachten. Er schätzte die Türme auf etwa acht bis zehn Meter Höhe. Der Boden der Schlucht bestand aus Sand und war sehr eben. Gerade tauchte die Gruppe, voran der Tauchlehrer, in diese Schlucht hinein. Sie schwammen sehr dicht über dem Grund und Franz sah deutlich ein paar Röhrenaale, die vor den herannahenden Tauchern blitzschnell in ihren Röhren verschwanden. Das belustigte ihn und als er zu der Stelle gekommen war, ließ er sich ganz sanft und langsam auf den Sandboden sinken. Nur auf seine Finger gestützt, verharrte er dort regungslos, hielt die Luft an und wartete. Und richtig, schon nach wenigen Sekunden lugten die ersten Aale aus ihren Röhren, blickten vorsichtig um sich und kamen nach und nach aus ihrem Unterschlupf hervor. Und schon wurden es mehr und mehr und bald stand vor ihm ein ganzer Wald aus Röhrenaalen mit leicht schwingenden Körpern, alle Köpfe in der sanften Strömung in die gleiche Richtung gereckt, wie ein Garderegiment. Da konnte es Franz nicht mehr zurückhalten und laut prustend stieß er die Luft aus dem Lungenautomaten. Schwupps! Wie vom Blitz getroffen waren die Aale verschwunden.

Franz grinste, hob sich vom Boden ab und schwamm weiter in den Canyon hinein. Die Gruppe war schon nicht mehr zu sehen, war hinter der nächsten Biegung verschwunden. Doch das beunruhigte Franz nicht im Geringsten. Langsam glitt er an den hochaufragenden Korallenwänden entlang, betrachtete die Unterwasserlandschaft. Große Fächerkorallen stellten ihre ausgebreiteten Fächer in die Strömung, Schwämme, groß wie Fässer, klebten an der Wand, dazwischen verschiedenfarbige, bizarre Weichkorallen mit ihren durchsichtigen, geleeartigen Körpern, die im Inneren durch Kalknadeln ausgesteift sind. Überall nackte, harte Steinkorallen, darüber Elchkorallen, tischförmig aus den Wänden ragend. Wieder überkam Franz jenes Gefühl der Faszination, jenes Erstaunen, das ihn von jeher befiel, wenn er durch ein Korallenriff schwamm. Er schaute hier in die Urzeit zurück, wie sie sich bereits vor Millionen von Jahren gezeigt hatte, als es an Land noch keine Lebewesen gab, als nur die Meere bevölkert waren von Schwämmen, Korallen, Quallen, riesigen Krebsen, ersten Mollusken. Ihn überkam ein Prickeln, ein Gefühl wie Heimweh, wie Geborgenheit in dieser Welt der Farben, der Formen, der Ruhe. Er verstand, hier war alles richtig, alles an seinem Platz, alles geschah zur rechten Zeit. Oh, wie war diese Welt doch verschieden von der Welt der Menschen, der Hektik, des Profits, der Politik und der Lüge!

Franz musste immer wieder innehalten. Es gab so viel zu bestaunen. Immer wieder verharrte er bewegungslos vor einer kleinen Nische, einer winzigen Höhle, bemerkte hier eine blauschimmernde Krabbe dicht an die Korallen geschmiegt, sah dort den stolzen Diademseeigel mit seinen langen, sehr spitzen und gefährlichen Stacheln, gewahrte kleinste glasartig durchsichtige Jungfische, die in den Korallenhöhlen Schutz und Zuflucht suchten, entdeckte den roten Soldatenfisch mit den großen Augen, zurückgezogen und scheu, auch er ein Tier der Nacht. Er fotografierte und fotografierte, wusste oft nicht, welchem Motiv er sich zuerst zuwenden sollte. Stolz und unnahbar, auf seine giftigen Stacheln vertrauend, schwebte der Rotfeuerfisch vorbei, ein Trupp farbenprächtiger Doktorfische sammelte sich über Franz, diszipliniert, koordiniert wie ein Geschwader schwammen sie in Formation über die Korallen, zupften Algen aus den Zwischenräumen. Er blickte nach oben, er blickte nach unten. Da! Eine Seeanemone, weit unten, fast auf dem Boden und darin versteckt ein Clownfisch. Den musste er haben! Den musste er fotografieren! Langsam ließ er sich in die Tiefe sinken, atmete vorsichtig, war sich bewusst, dass der Clownfisch Angst vor der aufperlenden Luft haben würde. Aber es gelang. Schnell fasste der Fisch Vertrauen, umkreiste sein kleines Reich, schwamm hierhin, schwamm dorthin, verschwand immer wieder in der Anemone, seinem Schutz und Partner. Franz fotografierte den putzigen Fisch mit der leuchtend orangen Farbe und den weißen Streifen aus verschiedenen Perspektiven, da gewahrte er nicht weit unter sich eine Höhle, einen dunklen Eingang dicht über dem Sandboden gelegen. Flugs schaltete er die Taucherlampe ein und ließ sich nach unten sinken, wo er, vor dem Eingang schwebend, innehielt. Vorsichtig leuchtete er in die Höhle hinein und schrak im selben Moment furchtbar zusammen. Vor ihm, direkt vor ihm, sah er gerade auf das leicht geöffnete Maul eines Hais. Doch schon im selben Augenblick beruhigte er sich wieder. Es war kein gefährlicher Hai, nicht einmal besonders groß und er schwamm auch nicht auf Franz zu. Friedlich lag der Weißspitzenriffhai in seinem Winkel auf dem Boden. Gewiss ruhte er sich von einem nächtlichen Fressgelage aus. Langsam öffnete und schloss er das Maul, ließ frisches Wasser durch die Kiemen strömen. Unbeeindruckt von Franz schien er in einen leichten Schlummer vertieft. Das würde ein tolles Foto werden! Von Angesicht zu Angesicht mit einem Hai, dem Schrecken der Meere. Franz musste lächeln. Mit sicherem Griff machte er die Kamera bereit.

Da zupfte etwas an seiner Taucherflosse. Erschreckt drehte er sich um. Doch nicht etwa der große Bruder? Aber es war der junge Bursche aus der Tauchergruppe, der an seiner Flosse zog. Aufgeregt, mit wilden Zeichen versuchte er, Franz irgendetwas klarzumachen. Franz verstand nicht genau, was er ihm verzweifelt mit seinen Handzeichen andeutete. Aber eines war klar: Sie mussten auftauchen. Irgendetwas war passiert.

Schon schwamm der Junge davon, heraus aus dem Canyon, zurück Richtung Boot. Franz folgte ihm unverzüglich. Ein Blick auf den Tauchcomputer bestätigte ihm, dass eine Dekompression nicht nötig war. Sie waren weder tief getaucht noch lange unterwegs. Angestrengt paddelte Franz, schwer sog er die Luft aus der Flasche. Aber er brauchte mit dem Sauerstoff jetzt nicht mehr zu sparen.

Schon von Weitem sah er die Menschentraube an der Wasseroberfläche. Hektischer Betrieb. Wild peitschten die Flossen durchs Wasser. Sie machten sich an einem Gegenstand zu schaffen. Was mochte geschehen sein? Endlich kam er an das Boot heran. Die meisten Taucher waren schon aus dem Wasser. Hände streckten sich ihm entgegen, rissen ihm die Flasche, das Jacket aus den Händen. Franz warf die Maske an Bord, die Flossen. Dann zogen ihn starke Arme die Badeleiter hinauf. An Bord herrschte Chaos, Pressluftflaschen lagen wüst durcheinander, Taucheranzüge dazwischen, Menschen stolperten hierhin und dorthin, Stimmengewirr, laute Befehle, die Franz nicht verstand. Der junge Bursche half ihm aus dem Anzug.

„Was ist denn los, um Himmels Willen?", schrie Franz ihn an. Doch er bekam keine Antwort. Die Motoren heulten auf, mit einem Ruck wurde er nach hinten gerissen, fiel auf die seitliche Bank, vor der er eben noch gestanden hatte. Mit einem gewaltigen Satz schoss das Boot davon.

„Das Mädchen!", schrie ihm der Junge zu, versuchte in dem Tumult irgendwo auf der Bank gegenüber einen Platz zu finden. „Es ist das Mädchen! Ist zu schnell aufgetaucht! Irgendetwas muss sie erschreckt haben!" Weiteres hörte Franz schon nicht mehr. Der Vater des Mädchens taumelte auf ihn zu, mit erhobenen Fäusten, schrie er immerzu: „So helft ihr doch! Hilf ihr doch einer! Mein Gott, so helft ihr doch!" Schwankend stand er jetzt vor Franz, leicht gebückt und mit gespreizten Beinen versuchte er, die Fahrbewegung auszugleichen. Er blickte auf Franz herab, mit schmerzverzerrtem Mund, blutunterlaufenen Augen, stierem Blick. „Helfen Sie ihr doch, meiner Tochter, bitte, so helfen Sie ihr doch."

„Setzen Sie sich hin! Verdammt noch mal setzen Sie sich sofort auf Ihren Platz! Sie fallen mir ja noch über Bord!" Der

Tauchlehrer hatte sich zu ihnen herumgedreht, schrie sie über die Schulter hinweg an. Er kauerte etwas seitlich vor Franz am Boden, vor ihm auf einer Decke lag das Mädchen. Ihr Kopf und der Oberkörper waren etwas erhöht. Kurz und stoßweise ging der Atem. Luft zu holen, schien ihr Qualen zu bereiten. Eine Hand hielt das Mädchen fest auf die Brust gepresst. Franz sah nur kurz in ihr Gesicht. Weit aufgerissen starrten die Augen, Angst und Schmerz sprachen daraus.

Aber schon hatte der Tauchlehrer sich wieder umgewandt und über das Mädchen gebeugt. Er hantierte mit einer Sauerstoffmaske, die er dem Mädchen auf Mund und Nase drückte. Lungenriss, schoss es Franz durch den Kopf. Die Situation war ernst, sehr ernst, das war klar. Aber jetzt musste er zuerst einmal den Vater des Mädchens beruhigen, dann konnte man weitersehen. Franz nahm dessen Fäuste in seine beiden Hände und sagte klar und bestimmt: „Setzen Sie sich. Bitte setzen Sie sich. Und keine Angst, der Tauchlehrer hat alles im Griff. Bitte setzen Sie sich. Ja, so ist es gut. Haben Sie Vertrauen, der Tauchlehrer ist ein Profi, der macht das schon. Gut so. Hier, halten Sie sich hier fest. Gut so, sehr gut."

Und tatsächlich ließ sich der Vater fast willenlos von Franz auf den Platz neben sich herunterziehen. Weit vornübergebeugt, das Gesicht in die verkrampften Fäuste vergraben, blieb er schließlich sitzen, schluchzte aber immer noch: „Helft ihr doch, so helft ihr doch!"

Doch Franz hörte es schon nicht mehr. Etwas Anderes hatte ihn in seinen Bann gezogen, fesselte seine gesamte Aufmerksamkeit. Ihm gegenüber, auf der anderen Seite des Mädchens, kniete die Mutter am Boden. In der linken Hand hielt sie die Hand ihrer

Tochter mit festem Griff umfangen, mit der rechten Hand strich sie sanft über deren Haar, strich ihr über die Stirn, die Wangen, den Hals. Zärtlich, liebevoll wischte sie ihr die wirren, die nassen, klebenden Haarsträhnen aus dem Gesicht. Doch das Beeindruckende, das Fesselnde, das Franz jetzt an dieser Frau wahrnahm, war die Veränderung, die in ihrem Gesicht vorgegangen war. Eine leichte Blässe hatte die braune, die so gesunde Gesichtsfarbe verdrängt. Die nassen, vordem streng nach hinten gekämmten Haare hingen wild an den Seiten herab, rahmten das Gesicht jetzt ein und ließen es voller erscheinen. Die harten, die verhärmten Züge waren fast vollends daraus verschwunden und so beherrschten die Augen, die großen, blauen Augen jetzt den gesamten Ausdruck. Sie strahlten so blau, so intensiv aus diesem bleichen Gesicht, dass Franz sich im ersten Moment nicht sicher war, ob hier dieselbe Frau vor ihm säße, die er noch vor einer Stunde so überheblich gefunden hatte. Blass erschienen auch die Lippen, die sich unablässig bewegten. Sie murmelten etwas vor sich hin, Franz konnte es im Lärm der Motoren, im Rausch der Fahrt zunächst nicht verstehen, doch gelang es ihm schließlich, die Worte von ihren Lippen abzulesen.

„Du schaffst es, mein Mädchen, du schaffst das. Bist ein starkes Mädchen, mein Liebes. Halte durch. Es ist nicht mehr weit. Nur noch ein bisschen. Keine Angst! Du schaffst das. Keine Bange, mein Mädchen! Du hast es gleich geschafft, wir sind schon auf dem Weg, mein Liebes." Und so ging es in einem fort, in immer gleichem Tone, in immer gleicher Eindringlichkeit. Dabei streichelte sie ihrer Tochter unablässig über die Stirn, über die Wange.

Franz konnte den Blick nicht von ihr abwenden. Verflogen war die Überheblichkeit, verflogen auch das Verkrampfte, das zur Schau gestellte, das äußerlich Starke. Stattdessen zeigte sich eine neue Stärke in diesem Ausdruck, eine Festigkeit in dieser Blässe, eine Zuversicht in diesem Blick, die Franz nie für möglich gehalten hätte. Unablässig murmelten die Lippen die Worte, regelmäßig und gleichförmig wie Lichtwellen eines Leuchtturmes drangen sie durch den Äther, jetzt auch an Franzens Ohr.

„Du schaffst es, mein Liebes. Nicht aufgeben. Es ist ja nicht mehr weit."

Und ausgehend von dieser Frau erreichte ihn etwas Warmes, etwas Rührendes, etwas sehr Starkes. Und Franz verstand. Er erkannte, was er zuvor nicht erkannt hatte, er begriff, was ihm bislang verschlossen gewesen war. Und er sah es körperlich, fast mit den Händen zu greifen vor sich: Dieses starke, dieses unzerreißbare, dieses seit der Geburt bestehende Band, das die Mutter mit ihrer Tochter verband. Es war die Liebe dieser Frau zu ihrem Kind, die Mutterliebe, die sich über die Tochter hinweg auch über ihn ergoss, die das ganze Boot auszufüllen begann. Es war die Kraft, die Berge versetzen konnte, es war das Stärkste, das er je in seinem Leben gefühlt hatte, es war alles, was diese Frau ihrer Tochter in diesem grausamen Moment geben konnte. Und er spürte es ganz deutlich. Es war das Beste in dieser Situation für das Mädchen, das Wichtigste, das Hilfreichste.

Eine tiefe Zuversicht überkam Franz. Er sah über die Frau hinweg auf das Meer hinaus. Blau und ruhig atmete der große Ozean, hell und warm strahlte die Sonne. Es gab kaum Wellenbewegung, das Boot jagte auf der fast unbewegten Wasserfläche dahin. Gischt stob in großen Wolken vom Bug auf, wurde vom Fahrtwind zum Heck nach hinten gerissen. Und Tausende und Abertausende von Wassertropfen blitzten in der Sonne auf, funkelten wie Diamanten, erstrahlten in einer glitzernden, wabernden Wolke vor dem kobaltblauen Meer. Franz konnte sich nicht erinnern, jemals so ruhig, so gleichförmig, so ohne Wellenschlag über das Meer gefahren zu sein. Beide Gashebel am Anschlag, schien das Boot über die See zu fliegen. Trotz der heulenden Motoren schien es Franz eigenartig still auf dem Boot. Die Taucher saßen auf den Bänken, die Köpfe gesenkt, keiner sagte ein Wort. Selbst der Vater des Mädchens war ruhig geworden. Einzig die leise, die eindringliche Stimme der Frau gegenüber wirkte lebendig, schien das letzte Leben auf dieser Welt zu sein. Franz blickte zur Küste, nur langsam, ganz langsam wuchsen die Konturen. Warum, warum nur ging das nicht schneller?

Da bemerkte er eine Veränderung. Er erkannte nicht gleich, was es war. Doch, ja, es war die Stimme der Frau. Ein leises, ein kaum merkliches Zittern hatte sich ihrer bemächtigt. Sie saß wie vordem, murmelte ihre Sätze, streichelte ihre Tochter, aber jetzt bemerkte er zwei dicke Tränen, die aus den großen, offenen Augen traten und langsam über die blassen Wangen rannen, am Kinn hängen blieben.

Franz blickte auf das Mädchen. Die Augen fast geschlossen, hatte es den Kopf leicht der Mutter zugeneigt. Eine Blässe breitete sich vom Haaransatz ausgehend über das stille Gesicht. Flach und langsam ging der Atem. Still und bewegungslos lag die Hand auf der Brust, wie ohne Leben. Franz bemerkte auch die Unruhe des Tauchlehrers. Hektisch drehte dieser jetzt am Knopf der Sauerstoffflasche.

Da ballten sich Franzens Hände zu Fäusten. Mit gepressten Lippen stöhnte er: „Mein Gott, nicht dieses Kind, bitte nicht dieses Kind. Es steht doch noch am Anfang seines Lebens. Was hat es denn schon getan? Was weiß denn dieses Kind schon von Schuld, von Sünde? Bitte! Bitte! Nicht das!" Er blickte auf, blickte der Mutter direkt ins Gesicht, sah die Kraft, die Zuversicht gebrochen, sah stattdessen einen Schmerz, einen unglaublich großen Schmerz in den weit aufgerissenen Augen, sah sie blasser werden, noch blasser als zuvor, fast wie ein weißes Tuch, sah die Augen in diesem bleichen Gesicht, die großen strahlend blauen Augen, jetzt mit Tränen gefüllt, noch verklärter, noch entrückter blicken. Indes sprach sie weiterhin ruhig, fast gespenstisch ruhig zu ihrer Tochter, eindringlich, unablässig. Und Franz fühlte etwas Neues aufkeimen. Er fühlte es fast im eigenen Körper, wie sich ein Kampf anbahnte in dieser Frau, ein enormes Ringen zweier starker Kräfte. Auf der einen Seite die aufkommende Verzweiflung, der Wunsch, sich schreiend auf das Kind zu stürzen, sich einzukrallen mit allen Fingern in das Leben ihrer Tochter, es zurückzuhalten, dieses Leben, das sich gerade langsam und in aller Stille verflüchtigte. Dagegen stemmte sich das Standhalten-Müssen, das Nicht-nachgeben-Dürfen, das Sich-Nicht-hingeben-Dürfen an die Verzweiflung, an die rettende Ohnmacht. Stark musste sie jetzt sein, helfen musste sie der Tochter, beistehen mit all ihrer Kraft, aller Zuversicht, aller Hoffnung in dieser höchsten Not. Verzweiflung wollte sich auch Franz' bemächtigen. Nervös rutschte er auf der Bank hin und her, fieberhaft überlegte er, wie er helfen könne.

Da wurde er plötzlich nach vorne gerissen. Und gleich darauf wieder nach hinten. Aus voller Fahrt heraus hatte der Skipper mit einer großen Welle das Boot aufgestoppt, es zum Stehen gebracht. Sanft, beinahe vorsichtig legte es in der auslaufenden Welle direkt am Kai an. Dort standen schon ein Notarzt, Sanitäter und ein Krankenwagen bereit. Jetzt ging alles sehr schnell.

Die Männer packten die Decke, auf der das Mädchen lag, und im Nu war sie auf den Kai gehoben, auf die Trage gelegt. Sofort kümmerten sich der Notarzt, die Sanitäter um sie, schoben die Trage, die Mutter in den Krankenwagen. Schon raste dieser mit Blaulicht davon.

Franz kam das alles wie in Zeitlupe vor. Benommen stand er inmitten des Trubels, sah das junge Pärchen unschlüssig herumstehen wie sich selbst, sah, wie der Tauchlehrer den Vater des Mädchens in ein Taxi steckte, dem Taxifahrer Anweisung gab, sah den Skipper das Boot aufräumen. Keiner der drei Übriggebliebenen sprach ein Wort, jeder blickte stumm auf dem Boden herum. Jetzt kam der Tauchlehrer auf sie zu, ernst stand er vor ihnen.

„Kommen Sie, wir fahren zum Hotel zurück."

Und da sprach der junge Bursche es aus, sprach aus, was sie jetzt alle dachten. Er stellte diese eine Frage, die alle auf den Lippen spürten: „Wird sie es schaffen?"

Der Tauchlehrer sah ihm ruhig in die Augen. „Keine Angst! Sie wird durchkommen. Wir haben sehr gute Ärzte hier, sie sind hervorragend ausgerüstet und das Krankenhaus ist ja gleich um die Ecke. Und Gottlob! Wir waren schnell, wir waren wirklich schnell wieder im Hafen. Aber kommen Sie! Kommen Sie, bitte! Das war sicher auch ein großer Schreck für Sie. Kommen Sie, wir fahren zum Hotel zurück."

Schweigsam saßen sie im Boot, still hing jeder seinen Gedanken nach. Schweigsam auch reinigten sie das Equipment, räumten Flaschen und Taucheranzüge auf. Dann gingen sie zum Hotel zurück, jeder für sich.

Franz wollte noch nicht zu seiner Familie an den Pool. Er musste jetzt allein sein. Still ging er ins Hotelzimmer. Der Reinigungsdienst war schon dagewesen. Abgedunkelt und kühl empfing ihn das Zimmer, leise surrte die Klimaanlage. Franz legte sich auf das saubere Bett. Wie war es doch friedlich hier, wie angenehm frisch. Er wollte nachdenken, wollte sich das Geschehen in Erinnerung rufen. Doch er konnte keinen klaren Gedanken fassen. Irgendetwas in ihm zwang ihn, etwas zu tun, drängte zur Tat, doch er kam nicht darauf, was es war. Unruhig wälzte er sich von einer Seite auf die andere, stand auf, ging im Zimmer auf und ab. Wie war das noch gewesen? Was hatte ihn gerade so stark beeindruckt? Da war diese Frau. In höchster Angst, in höchster Not war sie vor ihm gekniet. Er hatte das in ihrem Gesicht gelesen und ebenso hatte er diese Not, diesen Schmerz fast am eigenen Körper gefühlt. Aber gleichzeitig auch ein sehr starkes Gefühl, eine unheimliche Kraft, die Kraft der Liebe. Und dann ihr Gesicht! Es war unglaublich schön gewesen. Wie das Gesicht einer Madonna, so bleich, so zart. Unwillkürlich kam ihm Marie in den Sinn, die zarte Marie, nicht mit den blauen, aber mit wundervollen, dunklen Augen, deren Grund er noch nie hatte ausloten können. Seine Marie, deren Gesicht, ebenso bleich, ebenso schön, ebenso madonnenhaft erschien, wenn sie todmüde mit der Kleinen auf dem Arm durchs Zimmer schlich.

Und plötzlich sah er es und erkannte es ganz deutlich. Und da wusste er, was zu tun war. Flugs zog er sich die Badehose an, warf ein Handtuch über die Schulter und eilte in den Garten zum Pool. Marie lag auf einer Liege, ein Buch in der Hand, die Kinder spielten irgendwo. Blass wirkte ihr Gesicht unter dem großen Strohhut, dunkel stachen die Augen daraus hervor. Müde wirkte sie, sehr müde. Überrascht sah sie zu ihm auf.

„Schon wieder da? Wie war denn euer Ausflug?"

„Das erzähle ich dir später. Du siehst sehr müde aus, Marie. Schlafe ein bisschen, ich passe inzwischen auf die Kinder auf."

Marie nickte nur, klappte das Buch zusammen und drehte sich auf die Seite. Unterdessen sah Franz um sich, suchte die Kinder mit seinen Blicken. Sofort erkannte er Ben bei den Rutschen. Er war dort mit einem Freund zugange, keine Gefahr. Dann entdeckte er Melanie. Mit ihren Schwimmflügeln trieb sie im Nichtschwimmerbecken herum, brabbelte etwas vor sich hin. Franz musste lächeln. Er wandte sich zu Marie, wollte noch fragen, … Doch Marie war schon eingeschlafen. Wie schön sie doch war, so ruhig, so gleichmäßig atmend, das Gesicht jetzt ganz entspannt. Franz strich ihr behutsam über das Haar, ein tiefer Seufzer entrang sich seiner Brust.

Dann erhob er sich. Langsam watete er durch das Becken zu Melanie, die lustig im Wasser patschte. Sanft umfasste er sie mit beiden Händen, hob sie in die Luft, sprang mit einem Satz in die Höhe und ließ sich rücklings auf das Wasser platschen. Melanie jauchzte auf vor Entzücken.

„Mochmal!", schrie sie, „mochmal!" Da sprang Franz wieder in die Höhe und wieder. Die Kleine strampelte mit den Füßen, wieherte vor Vergnügen.

„Mochmal, mochmal!" Doch zuerst nahm Franz sie fest in seine Arme, drückte sie an sich und gab ihr einen dicken Kuss auf den lachenden Mund.

Mathilda

„Hchrrr, pfüühh, hchrrr, pfüühh."

„Nicht einschlafen, Herr Winkelmann, nicht einschlafen!"
Andreas legte den Teller auf das Tablett zurück, packte Herrn
Winkelmann an beiden Schultern und begann, ihn sanft zu schüt-
teln.

„Wie? Wo?" Herr Winkelmann schreckte hoch. Entgeistert
starrte er auf Andreas, schien ihn aber nicht zu erkennen. Mit
weit aufgerissenen Augen blickte er durch ihn hindurch, wie in
eine weite Ferne. Aber schon hatte er sich wieder beruhigt, legte
den Kopf zurück auf das schneeweiße Kopfkissen, das Andreas
etwas erhöht hatte, damit Herr Winkelmann besser essen konnte.
Starr und geistesabwesend schaute er Andreas an, kein Muskel,
keine Wimper zuckte in seinem Gesicht. Noch nicht einmal eine
Atembewegung konnte Andreas an ihm jetzt wahrnehmen. Einzig aus dem Mundwinkel heraus rann ein Faden weißgelber Flüssigkeit still und gleichmäßig zwischen den Bartstoppeln den he-
runtergeklappten Kiefer hinab, tropfte vom Kinn langsam auf
den mageren Hals und in den Kragen des Schlafanzuges. Still
lagen die knotigen Hände auf dem weißen Laken, das jetzt mit
einem Handtuch abgedeckt war. Andreas gruselte es ein wenig.
Der entgeisterte, starre Blick, der heruntergeklappte Kiefer, das
graue, wirre, durch das Kopfkissen verknautschte Haar, der fal-
tige, dürre Hals, mit den grauen Bartstoppeln, auf dem jetzt die
Soße herunterlief, gaben dem Antlitz von Herrn Winkelmann ein
gespenstisches Aussehen. Mehr noch. Die aufgerissenen, leblo-

sen Augen, die tief in ihren Höhlen lagen, und die bleichen, eingefallenen Wangen verliehen dem mageren Gesicht etwas Jen-
seitiges, Totenkopfähnliches. Andreas schauderte. Wurde man
so an seinem Lebensende? Indes besann er sich nicht lange,
nahm die Serviette zur Hand und begann, die Soße von Hals und
Mund abzuwischen.

„Kauen, Herr Winkelmann, schön kauen! … Herr Winkelmann? Kauen, Herr Winkelmann! Kauen!!!"

Und wirklich! Langsam schloss sich der Mund, langsam fin-
gen die Kiefer an zu mahlen. Von links nach rechts und dann
wieder von rechts nach links. Rein mechanisch bewegten sich die
Kiefer, ohne Ausdruck im Gesicht, wie eine Mühle ihr Getreide
mahlt.

„Gut so, Herr Winkelmann. Und jetzt schlucken! Schlucken,
Herr Winkelmann! Schlucken!!!" Wie von Geisterhand hielten
die Kiefer inne und mit einer großen Anstrengung, so schien es
Andreas, schluckte Herr Winkelmann den gesamten Inhalt auf
einmal hinunter. Befriedigt sah Andreas den spitzen Adamsapfel
auf und nieder hüpfen. Er nahm den Teller wieder zur Hand, auf
dem der Löffel noch mitten im Kartoffelpüree steckte, ver-
mischte das Püree mit etwas Hackfleisch und hielt den vollen
Löffel vor Herrn Winkelmanns Gesicht. Doch dieser hatte die
Augen schon wieder geschlossen. Weit hing der Unterkiefer
herab, gab den Blick frei auf das schiefe künstliche Gebiss, das
etwas zu groß war und beim Kauen immer leicht klapperte.

„Hchrrr, pfüühh!"

„Ach nee!!! Jetzt ist er schon wieder eingeschlafen!" Andreas
legte den Löffel zurück, packte Herrn Winkelmann wieder an
den Schultern und schüttelte ihn, nun schon heftiger, bis er endlich die Augen öffnete.

„Hmm, hmm!", war alles, was dieser herausbrachte. Aber wieder kein Erkennen, wieder kein Leben in den stumpfen, starren Augen.

„Essen, Herr Winkelmann! Essen!!!" Langsam schob ihm Andreas den vollen Löffel in den Mund. „Und jetzt kauen! Kauen!!!"

Lange dauerte es jetzt, bis eine Reaktion kam. Schließlich schien sich Herr Winkelmann wieder auf das Essen besonnen zu haben. Wiederum begannen die Kiefer langsam ihr Werk. Aber jeden Moment drohte er, wieder einzuschlafen. Andreas rutschte nervös auf seinem Stuhl hin und her. „Das dauert zu lange! Das dauert zu lange! Der Teller ist ja noch fast voll." Ungeduldig beobachtete er Herrn Winkelmann, wie dieser, nun mit geschlossenen Augen, gemächlich auf dem Hackfleisch herumkaute.

„Schlucken! Schlucken! Jetzt schlucken Sie doch!! Verdammt noch mal! Schlucken!!!" Andreas schrie schon fast. Und tatsächlich! Wie auf Befehl, jedoch mit geschlossenen Lidern, schluckte Herr Winkelmann auch diesen Bissen hinunter. Und schon klappte der Unterkiefer wieder herab. Langsam sank das Kinn auf die Brust.

„Hchrrr, pfüühh!"

Verzweifelt sah Andreas auf Herrn Winkelmann, der jetzt friedlich vor sich hin schnarchte. Ach! Er würde wieder Stress bekommen mit den anderen. Wieder diese Blicke. Wieder das Getuschel hinter seinem Rücken. Die Pflegedienstleitung würde ihn einmal mehr ermahnen, schneller zu arbeiten, wie schon die letzten Tage. Schneller. Noch schneller! Sie würde ihm ein weiteres Mal vorhalten: „Du weißt ja, Andreas. Was du nicht schaffst, das müssen dann deine Kolleginnen übernehmen, zusätzlich zu ihrem eigenen Pensum. Und die stehen auch schon unter Strom, genauso wie du. Also schneller, Mann!"

Andreas schüttelte den Kopf. Noch schneller? Wie sollte denn das gehen? Er konnte die Leute doch nicht permanent schütteln und anschreien. Das ging doch wirklich nicht! Mit einem Seufzer legte er den Löffel auf das Tablett und lehnte sich in seinen Stuhl zurück.

Ach, wo war er hier nur gelandet? Dabei hatte alles so gut angefangen. Sofort hatte er diese Praktikumsstelle bekommen. Erfreut war der Heimleiter gewesen, sichtlich erfreut. Mit einem Lächeln im Gesicht und mit einem Handschlag hatte er ihn begrüßt, hatte ihn im Haus herumgeführt, ihn auf die Station begleitet, wo er die nächsten Wochen arbeiten sollte. Auch die Stationsleitung war sehr erfreut über ihn gewesen, hatte ihn den Kolleginnen vorgestellt, eine lustige Truppe, lauter Frauen verschiedenen Alters. Er hatte sich sofort wohlgefühlt in diesem Kreis.

Ein Lächeln huschte über Andreas' Gesicht. Ja, mit Frauen hatte er es immer schon gut gekonnt, die jungen umwerben, die älteren umschmeicheln. Das lag ihm im Blut. Und so hatte er sich mit ein paar Witzen und seinem charmanten, unaufdringlichen Wesen sofort gut in diese Gruppe eingeführt.

Es schien die perfekte Lösung zu sein. Musste er doch noch ein halbes Jahr auf seinen Platz für das Medizinstudium warten. Da wollte er die Zeit sinnvoll nutzen. Und was lag da näher als dieses Praktikum in einem Pflegeheim? Direkt am Menschen arbeiten! Oh, wie hatte er sich darauf gefreut! Mit seiner ganzen Person, mit seiner ganzen Tatkraft, seinem Humor, seinem Gefühl, seiner Empathie wollte er sich einbringen in die Pflege der Bedürftigen.

Er hatte sich das so gut vorgestellt! Den Dienst am Menschen. Etwas von dem Guten, das er so oft schon in seinem eigenen Leben erfahren hatte, zurückzugeben an diejenigen, die dieses Glück nicht hatten. Als Arzt wollte er für andere da sein, mithelfen bei der Versorgung der Bedürftigen, damit diese Welt ein bisschen besser würde. Albert Schweitzer, Mahatma Gandhi, Mutter Teresa, das waren seine Vorbilder. Oh, wie oft hatte er deren Schriften gelesen, deren Leben studiert! Wie trunken war er manchmal durch die Welt gelaufen, erleuchtet vom guten Willen, erfüllt von Schicksalsbewusstsein! Wie viele Male schon hatte er mit seinen Freunden diskutiert, mit seinen Eltern, hatte sich heiß geredet in Zukunftsvisionen, hatte voller Eifer Pläne und Ziele entwickelt, wie er als Arzt, wie er als Mensch für andere wirken würde. Oh ja, er würde mitbauen am heiligen Dom der Menschlichkeit, würde sich einreihen in die Gemeinschaft all derer, die sich dem Wohl und dem Gedeihen der Gemeinschaft verpflichtet fühlten, aufopfernd, selbstlos!

Und nun? Und nun! Nun saß er vor Herrn Winkelmann, der friedlich vor sich hin schlummerte und brachte ihm noch nicht einmal drei Löffel seines Mittagessens zwischen die Kiefer. Und die Zeit lief ihm davon! Er hatte ja noch drei Pflegebedürftigen das Essen einzugeben! Verzweifelt sah er auf das schnarchende Gesicht von Herrn Winkelmann. So ging das nicht. So nicht! Dabei hatte er sich fest vorgenommen, sich die Zeit zu nehmen, die notwendig war. Er würde es anders machen als seine Kolleginnen. Er, der Praktikant Andreas, würde dafür sorgen, dass das Essen für die Heimbewohner wieder zum Genuss wurde!

Und jetzt? Schon wieder würde er die Essensgabe abbrechen müssen, wie gestern auch schon. Die anderen Bewohner waren wohl von den Kolleginnen schon versorgt worden. Er würde seinen Besteckwagen voller Hast in die Großküche hinunterfahren, als Letzter, wieder als Letzter, natürlich. Ärger auch dort. Denn in der Küche schrien die Leute schon nach den Wagen mit dem gebrauchten Geschirr, um es schleunigst zu reinigen. Auch sie wollten schließlich mit ihrer Arbeit zu einem Ende kommen. Wenn er sich dann beeilte, kam er gerade noch rechtzeitig, um mit den Kolleginnen die Station aufzuräumen, die Bewohner aus dem Aufenthaltsraum in ihre Zimmer zu bringen, den inkontinenten Pflegefällen die Windeln zu wechseln und sie zu lagern. Dann würde etwas Zeit sein, bei einem Kaffee zu verschnaufen, sich im Schwesternzimmer vorzubereiten auf die Übergabe für die Spätschicht. Ein tiefer Seufzer entrang sich seiner Brust. Er würde sich damit abfinden müssen. Hier kam man nur mit einem knallharten Zeitmanagement zu Rande.

Widerwillig stand Andreas von seinem Stuhl auf. Unzufrieden räumte er das Tablett auf, sah noch einmal zu Herrn Winkelmann hinüber. Ruhig lag dieser in seinem Bett ausgestreckt. Den Kopf leicht nach hinten geneigt, den Mund weit offen, schnarchte er laut vor sich hin. Andreas wusste, er würde in der nächsten Stunde noch einmal vorbeikommen müssen, um den Verdampfer aufzustellen, damit der Mund von Herrn Winkelmann nicht zu sehr austrocknete. Er nahm das Tablett, sah auf den noch fast vollen Teller, auf das Glas mit Tee. Ach, getrunken hatte Herr Winkelmann auch nichts! Wie machten das nur die anderen?

Am Anfang, im Zuge der Einführung, hatte er ein paar Mal bei der Essensgabe zugesehen. Zack, zack! Drei, vier, fünf Löffel mit Essen waren in null Komma nichts in den Mündern der Pflegebedürftigen verschwunden. Schnell, effizient und ohne viel Geschrei. Und so war es weitergegangen von Bewohner zu Bewohner. Es sah so einfach aus bei seinen Kolleginnen. Das ging zügig, ganz ohne Stress. Aber allzu mechanisch, allzu gefühllos war es Andreas vorgekommen. Wie eine Abfertigung. Er hatte sich das immer ganz anders vorgestellt.

Aber nun sah er es ja selbst. Es waren einfach zu viele schwerstpflegebedürftige Menschen auf der Station und zu wenig, viel zu wenig Personal, um sich in Ruhe und ausgiebig um den Einzelnen kümmern zu können. Und doch! Es war kaum zu glauben. Die Heimbewohner, vor allem diejenigen, denen das Essen eingegeben werden musste, schienen jedenfalls genug zu essen und zu trinken zu bekommen. Und sollte einmal eine Mangelernährung eintreten, so hatte man ihm versichert, würden sie Infusionen bekommen, um den Flüssigkeitshaushalt aufzufrischen oder, im schlimmsten Falle, eine Magensonde zur Ernährung. Andreas war ziemlich erschrocken gewesen über dieses Vorgehen. Aber dieses Prozedere kam wohl höchst selten vor. Er hatte jedenfalls noch niemanden gesehen, der an der Sonde hing.

Andreas trat auf den Flur, schob das Tablett in den Wagen. Der Flur glänzte kahl und leer. Am Ende sah er einen der Wäschewagen stehen. Die Kolleginnen hatten in den Zimmern wohl schon mit dem Wechseln der Windeln und dem Lagern der Pflegefälle begonnen. Jetzt aber schnell! Im Laufschritt schob er den Wagen zum Aufzug. Und schon war er in der Küche.

Die Wochen vergingen und Andreas gewöhnte sich allmählich an den Alltag auf Station fünf. Er wurde schneller, effizienter und fügte sich nahtlos in die Arbeitsabläufe ein. Schließlich wich die Aufregung der ersten Tage einer gewissen Routine, welche die Arbeit sehr erleichterte. Auch mit den ständigen Schichtwechseln kam er nun besser zurecht. Das zeitige Aufstehen in der Frühschicht kostete ihn zwar nach wie vor enorme Willenskraft - er würde sich wahrscheinlich nie daran gewöhnen –, aber ein paar Tassen Kaffee später war er doch richtig wach und einsatzbereit. Auch genoss er jetzt die Fahrt zur Arbeit am frühen Morgen. Voller Neugier beobachtete er das Erwachen der Stadt. Mit Staunen nahm er zum ersten Mal in seinem Leben richtig wahr, wie die Natur den neuen Tag begrüßte. So hatte er die Welt noch nie gesehen.

Mit den Kolleginnen kam er bestens zurecht. Bald hatte er herausgefunden, dass sich je nach Schicht verschiedene Grüppchen bildeten, Arbeitsgemeinschaften, Pärchen, die gerne diese oder jene Arbeit miteinander verrichteten. Auch stellte er fest, dass hinter der netten, fröhlichen Fassade der Belegschaft oft Eifersüchteleien, Neid und auch Missgunst herrschten. Andreas selbst jedoch hatte keine Probleme mit den Kolleginnen, weder mit den jungen noch mit den älteren. Alle wollten sie mit ihm arbeiten, alle drängten sie danach, mit ihm eine Runde Betten zu machen oder mit ihm zusammen die Pflegebedürftigen zu versorgen. Mit seiner lustigen, offenen Art gewann er sie alle. Und alles wollten sie über ihn wissen, ständig fragten sie ihn über dieses und jenes aus. Und über alles gab Andreas Auskunft, über alles konnte man mit ihm reden. Doch hauptsächlich interessierten sich die Frauen für seine Liebschaften, seine Freundinnen. Hierüber allerdings hüllte er sich meist in ein geheimnisvolles Schweigen, beließ es bei unklaren Andeutungen und irreführenden Hinweisen. Merkte er doch sehr schnell, dass vor allem die jungen, die ledigen Frauen im Team sehr gerne näher mit ihm bekannt geworden wären. Und es bereitete ihm nicht wenig Spaß, die Damen so zappeln zu sehen. Doch zahlten diese es ihm oft genug mit Gelächter oder Spott zurück, wenn er sich wieder einmal besonders dumm anstellte.

Aber auch Andreas lernte viel über seine Kolleginnen. Die meisten waren mittleren Alters, hatten Familien, über die sie oft redeten, und so manche von ihnen vertraute ihm ihre Eheprobleme, Sorgen in der Kindererziehung oder auch ihre finanziellen Schwierigkeiten an. Es gab auch alleinerziehende Frauen, Mütter, die vor ihrer Schicht die Kinder in die Schule bringen mussten und deswegen so manches Mal zu spät zur Arbeit kamen. Das waren die Unruhigsten, ständig in Telefonbereitschaft, auf dem Sprung, wenn etwa in der Schule Unvorhergesehenes passierte. Er lernte die Nöte und die Sorgen dieser Mütter kennen, die ewige Geldknappheit, die Probleme mit den Behörden, den Stress, er sah, mit welchen Schwierigkeiten es verbunden ist, Beruf, Kindererziehung und Haushalt unter einen Hut zu bringen. Ein ganzer Kosmos, eine ganz eigene Welt tat sich vor Andreas auf. Wie behütet, wie fern von all diesen Widrigkeiten des täglichen Lebens war er dagegen aufgewachsen! Auch klagten viele der Damen, und nicht nur die älteren, über körperliche Beschwerden, wie etwa Rücken- oder Gelenkschmerzen oder auch Herz- und Atemprobleme.

Mit dem zunehmenden Wissen um die oft traurigen persönlichen Verhältnisse seiner Kolleginnen wuchsen sein Respekt und seine Achtung vor diesen Frauen. Er bewunderte sie, wie sie tagaus, tagein, oft unter Schmerzen diese physisch schwere und auch mental sehr anstrengende Arbeit durchführten. Er bewunderte mehr und mehr, wie diese Frauen, obwohl es ihnen manchmal richtig schlecht ging, mit der immer gleichen Freundlichkeit, mit stets derselben Aufmerksamkeit auf die Heimbewohner eingingen, zügig, aber ohne Hast ihre Arbeit taten. Nie hörte er ein böses Wort, nie sah er sie mit den Bewohnern schimpfen oder schreien, obwohl er selbst oft nahe daran war, aus der Haut zu fahren.

Enttäuscht war er dagegen von den Ärzten. Mit wehenden Kitteln flogen sie meist durch die Station. Aufmerksam und pflichtbewusst auch sie, untersuchten und behandelten sie ihre

Patienten mit großer Routine. Doch, so schien es Andreas, waren sie mehr an ihren Kurven und Zahlen in der Krankenakte interessiert als am persönlichen Kontakt zu ihren Patienten. Zu ihm selbst waren sie überaus freundlich und hilfsbereit, erklärten ihm so manches und zeigten ihm viel von ihrem medizinischen Handwerk. Die Ärzte wirkten immer frisch und ausgeruht. Aber seltsam! Oft waren sie schlechter Laune, waren unzufrieden mit diesem und mit jenem, vor allem mit dem Gesundheitszustand der Patienten und nicht selten ließen sie ihren Ärger dann an den Schwestern aus. Das fand Andreas ungerecht. Sah er doch, wieviel Mühe damit verbunden war, einem schwer pflegebedürftigen Menschen, der den ganzen Tag im Bett lag, das Essen einzugeben, ihn zu waschen und ständig umzulagern, damit er nicht wundlag.

Er sah auch, wie kompliziert die Medikamenteneinteilung, wie aufwändig das Richten der Medizin für die einzelnen Bewohner war. Mussten doch für jeden, individuell und genau richtig abgestimmt, die Tabletten zusammengestellt und zum richtigen Zeitpunkt verabreicht werden. Und auch das dämmerte ihm allmählich: Die Medikamente wirkten wohl für die vielen verschiedenen Beschwerden, für die spezifischen Probleme im Einzelnen ganz gut, in ihrer Gesamtheit förderten sie aber nicht immer die Gesundheit der Kranken. Viele der Pflegefälle lagen den ganzen Tag über völlig apathisch in ihren Betten, wie zum Beispiel Herr Winkelmann, und Andreas fragte sich, ob das wohl immer nur am Alter liegen möge. Das befremdete ihn mehr und mehr. Und so nahm er, seltsamerweise und ganz gegen seine ursprüngliche Absicht, immer mehr Abstand zur ärztlichen Tätigkeit ein. Das erstaunte ihn nicht wenig, da er sich ja durchaus für sein Medizinstudium profitables Wissen hatte aneignen wollen. Und in dem Maße, wie seine Achtung vor der Ärzteschaft schwand, nahm sein Respekt vor der Schwesternschaft zu.

Mittlerweile fühlte er sich dem Team auf Station fünf richtig zugehörig. Er bewunderte diese Frauen, bewunderte, wie sie unermüdlich und Tag für Tag diese anstrengende Arbeit leisteten. Sie beeindruckten ihn umso mehr, da er schon sehr bald an sich selbst feststellte, wie er von Woche zu Woche müder und müder wurde.

Oft kam es nun vor, dass er nach der Frühschicht ganze Nachmittage im Bett verbrachte, kaum zu etwas Anderem fähig, als etwa zu essen oder fernzusehen. Mit Grauen dachte er daran, dass diese Frauen, diese Mütter, die dort acht Stunden mit ihm arbeiteten, nach der Schicht zu Hause noch Essen kochen, bei den Hausaufgaben helfen, waschen, bügeln, saugen mussten und dann noch für den Ehemann da zu sein hatten. Er dagegen schaffte es unter der Woche selten noch auf ein Bier mit Freunden oder eine Runde Jogging auf seiner geliebten Laufstrecke. Die meisten Abende verbrachte er jetzt vor dem Fernseher, selbst zum Lesen hatte er kaum noch Lust.

Und diese Müdigkeit übertrug sich auch auf seine Arbeit. Nicht, dass er nachlässig geworden wäre. Das nicht. Aber er war nicht mehr so locker wie am Anfang, er war nicht mehr so lustig, scherzte nicht mehr so oft mit den Bewohnern, nahm sich nur mehr wenig Zeit für ein Gespräch, für ein leichtes, absichtsloses Geplauder. Längst hatte er begriffen, die meisten Heimbewohner erzählten immer wieder von denselben Dingen. Manche hielten stereotype Monologe über die ewig gleichen Themen. Andere wiederholten ständig ihre Geschichten, erzählten wieder und wieder von derselben tiefgreifenden Erfahrung oder auch einem traumatischen Erlebnis. Das ermüdete Andreas mit der Zeit. Aber er erkannte, wie sehr einmal tief Durchlebtes den Menschen in seiner Art, in seinem Verhalten prägen, ja bestimmen konnte. Er machte die Erfahrung, dass im Alter Erinnerungen aus frühen Kindertagen die Gedanken der Menschen in der Gegenwart oft mehr beschäftigten als die aufregendsten Tagesereignisse.

Schnell hatte Andreas herausgefunden, mit welcher Antwort auf bestimmte Fragen, mit welcher kleinen Anekdote, welchem Witz bestimmte Bewohner zufriedenzustellen waren. Anfangs hatte er noch versucht, „echte" Gespräche zu führen, hatte versucht, auf die Fragen der Bewohner ehrlich und gewissenhaft einzugehen. Es gab auch durchaus Personen, die interessante Geschichten zu erzählen hatten, Geschichten aus ihrer Kindheit, vom großen Krieg, von einer Welt vor der Massenkommunikation, ja vor dem Fernsehen. Aber bald wurde er auch hier zu müde, um zuzuhören, verfiel, statt mit Interesse nachzufragen, in Floskeln und stereotype Antworten. Verstehen oder gar nachempfinden konnte man diese Ereignisse, die lange vor seiner Zeit stattgefunden hatten, ja sowieso nicht.

Und wieder musste er seine Kolleginnen bewundern, wie sie stets aufs Neue, mit einer unnachahmlichen Freundlichkeit auf die immer gleichen Geschichten, Klagen, Fragen der Bewohner eingingen. Doch zugleich stellte er fest, dass sich auch hier durch die ständige Wiederholung, durch die immer gleichen Themen eine gewisse Schematisierung, ein gewisses Frage-Antwort-Spiel, eine Routine herausgebildet hatte. Und erstaunt nahm er wahr, wie auch bei ihm selbst das Gekicher und Geflaxe mit den Bewohnern, sich zu etwas Unwirklichem, etwas Theaterhaftem entwickelte. Er begann mehr und mehr, eine Rolle zu spielen, die es ihm zwar ermöglichte, viel mit den alten Menschen zu lachen, zu schäkern, ihn jedoch unempfänglicher machte für das Persönliche, das Individuelle. Dieses oberflächliche Verhalten ermüdete ihn nun nicht mehr so sehr, doch – und er empfand das durchaus richtig - kam der Kontakt dabei wenig mehr aus dem

Herzen heraus. Anfangs kam ihm dieses Theater-spielen auch reichlich komisch vor, da er es von jeher gewohnt war, stundenlang, ja nächtelang mit seinen Freunden über Gott und die Welt oder auch über persönliche Probleme zu diskutieren. Aber er verstand allmählich, dass diese Gespräche, dieser Kontakt zu den Menschen einfach zur Arbeit gehörten und man sich auf Dauer die Unbefangenheit und eine gewisse Fröhlichkeit nur erhalten konnte, wenn man eine bestimmte Distanz zu den Bewohnern einhielt. Er hatte gelernt, dass eine zu emotionale Beteiligung an der Arbeit zu viel Kraft kostete, dass man sich selbst schützen, mit seiner begrenzten Energie haushalten musste. War er anfangs in den ruhigeren Zeiten viel auf der Station unterwegs gewesen, hatte mit den Bewohnern geredet, hatte ihnen zugehört, kam es nun immer häufiger vor, dass er sich jetzt im Schwesternzimmer wiederfand, bei einem Kaffee und einem lustigen Gespräch mit seinen Kolleginnen. Hier konnte er wieder auftanken, wieder aufatmen, hier konnte er wieder Kraft schöpfen für eine nächste Runde. Er hatte gelernt, dies zu akzeptieren. Es war ja auch gar nicht anders möglich. Und schließlich fühlte er sich ganz zufrieden damit.

Da kam Mathilda.

Es war in der Frühschicht. Andreas war wieder einmal etwas zu spät gekommen. Wortlos goss er den Kaffee in seine Tasse und ließ sich in der Ecke neben der Yuccapalme in einen Sessel fallen, seinem Lieblingsplatz. Teilnahmslos hörte er der monotonen Stimme der Nachtschwester zu, die Pflegefall für Pflegefall die Vitalwerte, Verhaltensauffälligkeiten, und so weiter durchgab. In den allermeisten Fällen verlief die Nacht ja ruhig, gab es nichts Besonderes zu vermelden. Und so konzentrierte sich Andreas auf den dampfenden Kaffee in seiner Hand. Gedankenleer sog er den aromatischen Duft in die Nase, ließ die warme, herbe Flüssigkeit etwas im Mund verweilen, bevor er sie mit Genuss hinunterschluckte. Wie er so mit halbgeschlossenen Lidern dem monotonen Gemurmel der Nachtschwester lauschte, bemerkte er es. Etwas hatte sich verändert. Er kam nicht gleich darauf. Aber irgendetwas war in diesem Raum heute anders. Langsam hob er die Lider. Und kippte vor Schreck fast den Kaffee aus der Tasse. Ihm genau gegenüber, in der anderen Ecke des Zimmers, saß eine Person, die er nicht kannte, die er nie zuvor in dieser Runde gesehen hatte. Und ihm war doch die gesamte Belegschaft mittlerweile bestens vertraut! Schließlich arbeitete er schon ein paar Monate auf dieser Station.

Er nahm die Person genauer in Augenschein und stellte fest, dass ihm hier, so auf den ersten Blick, eine nicht ganz gewöhnliche Frau gegenübersaß. Sie mochte wohl um die fünfzig sein. Dunkle, fast schwarze, halblange, leicht gewellte Haare umfingen ein rundes Gesicht mit einem schmallippigen Mund und einer kleinen, wohlgeformten Nase. Die helle, für ihr Alter sehr feine Haut stand in starkem Kontrast zu dem dunklen Haar. Dieser starke Kontrast der Farben und die Feinheit und Reinheit der Haut wirkten auf Andreas etwas unnatürlich, bildhaft, fast wie gemalt. Der Anblick des Gesichtes allein hätte ihn schon beeindruckt. Aber vollends in ihren Bann zog ihn die Augenpartie. Tiefschwarze Augenbrauen überspannten in eleganten Bögen dunkelbraune, große Augen, die, von überaus langen, schwarzglänzenden Wimpern halb verdeckt, umso mehr auffielen, da auch die Frau die Augenlider etwas niedergeschlagen hatte. Diese leicht geschlossenen, rehbraunen Augen drückten nun aber weder Müdigkeit noch Schläfrigkeit aus, es wirkte auf ihn eher wie eine Art Verschämtheit, eine kindliche Schüchternheit, ja gewisse Verlegenheit.

Damit war sein Interesse geweckt! Jetzt nahm er die Person genauer in Augenschein. Aber außer dem madonnengleichen Gesicht konnte er nichts Auffallendes mehr an ihr feststellen. Ihr etwas rundlicher Körper steckte, wie der aller seiner Kolleginnen, in einem weißen Schwesternkittel, der in dieser sitzenden Position kaum Aussagen über die Figur zuließ. Die Füße steckten in bequemen, weißen orthopädischen Sandalen. Die ganze Person wäre noch immer nicht sehr auffällig gewesen, wäre da nicht diese ergebene Haltung, dieses extrem Schüchterne gewesen, das einem, gerade durch den Wunsch, nicht aufzufallen, sofort ins Auge sprang. Aufrecht saß sie da, frei saß sie, mit hoher Körperspannung, nicht so unmanierlich und ungeniert in die Sessel hineingefläzt wie er und seine Kolleginnen. Die zarten, feingliedrigen Hände ruhten still auf den Oberschenkeln, die Knie waren eng aneinandergeschmiegt. Sie schien kaum zu atmen. Äußerlich nicht sehr auffällig, waren es vor allem die Ruhe und diese absolute Bewegungslosigkeit, welche diese Frau vor allen anderen auszeichnete.

Andreas blickte in die Runde. Erst jetzt nahm er mit Erstaunen wahr, wie unruhig, wie zappelig sich seine Kolleginnen gebärdeten, obwohl sie scheinbar entspannt in den Sesseln hingen. Da war Gerda, links neben ihm, jung und wild, entweder hatte sie einen obszönen Spruch oder einen derben Witz auf der Zunge, wenn sie nicht gerade heftig auf ihrem Kaugummi herumkaute. Da war Claudia, Mutter von zwei Kindern, alleinerziehend. Unentwegt spielte sie mit einem Kugelschreiber und rutschte nervös auf ihrem Stuhl vor und zurück. Da war Inge, die einzige, der man im Schwesternzimmer erlaubte zu rauchen. Sie hielt es ohne Zigaretten nicht einmal diese halbe Stunde aus. Da war Marion, ständig hatte sie die Enden ihrer langen, blonden Haare im Mund, knabberte daran. Andreas lächelte. Und dann war da die Neue, bei der sich, soweit er feststellen konnte, bis jetzt noch nicht der kleinste Muskel bewegt hatte. Andreas schüttelte den Kopf. Er wunderte sich über sich selbst, über das Interesse, das er an dieser Frau fand. Irgendetwas faszinierte ihn an ihr. Es war nicht nur das Gesicht, das er im Übrigen sehr hübsch fand. Etwas sprach zu ihm, etwas Bekanntes, Vertrautes zog ihn zu ihr hin. War es das Starre, das Bewegungslose? Gut, diese Stille, diese Ergebenheit waren in dieser Runde schon sehr auffallend. Aber das ließ sich erklären. Sie wird wohl etwas schüchtern sein, so am ersten Tag. Darüber hinaus wirkte sie doch ziemlich gewöhnlich. Und überhaupt hätte sie vom Alter her durchaus seine Mutter sein können. Aber wacher jetzt und aufmerksamer blickte Andreas zu ihr hinüber. Da hörte er, wie die Nachtschwester mit Schwung ihren Ordner zuklappte.

„Das war's, meine Lieben! Jetzt seid ihr dran!" Gerade hatte sie ihre Übersicht beendet.

„Alles klar?" Die Pflegedienstleitung erhob sich von ihrem Stuhl, streckte sich und bedankte sich bei der Nachtschwester. „Auf, auf, meine Damen!", ermunterte sie die Belegschaft. „Ein ganz normaler Tag liegt vor uns. Du, Gerda, und du, Andreas, ihr übernehmt den kleinen Gang." Ein breites Grinsen huschte über Gerdas Gesicht. Dann ließ sie eine große Blase aus Kaugummi platzen. „Marion und Claudia, ihr fangt mit dem großen Gang an und nehmt bitte Mathilda mit. Sie kennt sich auf unserer Station noch nicht aus. Zeigt ihr bitte die Räumlichkeiten und macht sie mit den Bewohnern bekannt. Und du, Inge, holst die Wagen mit dem Frühstück von der Küche herauf. Auf geht's, Mädels!" Sie klatschte in die Hände und lachte dabei Andreas ins Gesicht.

„Komm, Andreas! Wir verziehen uns in den kleinen Gang.

Da haben wir unsere Ruhe vor dieser Ausgeburt an Morgenungemütlichkeit." Gerda hakte sich bei Andreas ein und zog ihn aus dem Schwesternzimmer. Gemeinsam gingen sie zum Waschraum, um den Wagen für die Morgenwäsche einzuräumen.

„Du, sag mal, Gerda, wer ist denn die Neue, diese Mathilda? Ich habe sie noch nie in unserem Haus gesehen. Und jetzt kenne ich doch schon einige Leute hier."

„Ach, Mathilda! Da haben sie uns so ein Ei ins Nest gelegt, Andreas! Mathilda, diese alte Jungfer, kommt von Station drei. Dort war sie, glaube ich, zuletzt ein Jahr lang beschäftigt. Sie war schon auf anderen Stationen in unserem Haus, aber keiner wollte sie haben. Und nun, nun müssen wir halt in den sauren Apfel beißen." Und zur Bekräftigung ihrer Aussage ließ sie eine große Blase aus Kaugummi vor ihrem Gesicht zerplatzen.

„Warum will sie denn keiner haben?" Andreas sah sie fragend an. „Das interessiert mich." Und lächelnd fügte er hinzu: „Und bist du dir sicher, dass sie noch Jungfrau ist?"

„Dass du diese neue Situation mit Mathilda interessant findest, glaube ich dir, Andreas. Und für dich ist das ja auch einfach. Du bist in ein paar Wochen wieder weg, gehst an die Uni. Für uns ist das etwas ganz Anderes. Wir armen Schweine müssen uns noch länger mit Mathilda herumärgern. Ich will dir sagen, warum sie keiner mag. Nun, sie ist einfach zu nichts zu gebrauchen. Sie redet kaum mit den Kolleginnen, sie steht dauernd im Weg herum, während die andern schuften. Weißt du, sie ist so unheimlich langsam. Bei ihr geht nichts voran. Ständig müssen die anderen hinter ihr her arbeiten, müssen Teile ihrer Arbeit übernehmen. Dabei ist sie ausgebildete Altenpflegerin! Diese Informationen habe ich von meiner Freundin Susi, die ist auf Station drei und musste ein Jahr lang mit Mathilda zusammenarbeiten. Und wegen der Jungfrau", Gerda grinste Andreas breit ins Gesicht, „das war nur Spaß. Sie ist, glaube ich, Rumäniendeutsche, verheiratet und hat zwei Kinder. Aber sieh sie dir doch nur einmal an! So plump, so altbacken wie die ist. Ich kann mir echt nicht vorstellen, dass die einen Mann hinter dem Ofen hervorlockt!" Gerda musterte Andreas jetzt mit zusammengekniffenen Augen. „Holla! Hey, junger Mann! Du siehst das wohl ein wenig anders? He? Jetzt bin ich aber gespannt! Bin gespannt auf das Urteil eines Fachmannes. Ha, ha! Hat diese Tonne, diese Schlaftablette vielleicht Reize, die für das weibliche Auge so nicht erkennbar sind? Los, sag schon!" Herausfordernd und breitbeinig stand sie nun vor ihm. Wild rollten ihre Augen hin und her. Heftig kaute sie auf ihrem Kaugummi herum. Andreas lachte, schob Gerda zur Seite und legte die letzten weißen Laken auf den Stapel im Wagen.

„Im Vergleich zu dir wirkt sie allerdings etwas verschlafen, da hast du recht. Aber keine Angst, Gerda! Gegen deine überaus anziehenden weiblichen Reize wirkt Mathilda wie das reinste Neutrum." Er lächelte ihr mit den Augen zwinkernd zu. „Aber jetzt komm! Wir sind schon spät dran und haben noch viel Arbeit vor uns."

Die nächsten Wochen verliefen für Andreas unbefriedigend. Gerne hätte er einmal mit Mathilda gesprochen, gerne hätte er sie näher kennengelernt. Doch es ergab sich einfach keine Gelegenheit dazu. Mathilda kam nur zur Frühschicht, wenn die meiste Arbeit zu erledigen war. So traf er schon für die Hälfte seiner Arbeitszeit nicht mit ihr zusammen. Aber auch in der Frühschicht bildete er nie ein Arbeitsteam mit ihr, wie es mit den anderen Kolleginnen selbstverständlich war. Es war wie verhext. Ständig zog ihn eine der Frauen mit sich fort, nie teilte ihn die

Pflegedienstleitung mit Mathilda ein. Einmal ging er mit Gerda, dann Inge, dann Marion oder Claudia. Er war immer in Beschlag. Gut, er war es gewohnt, dass ihn jede für sich haben mochte, und er genoss das auch. Schließlich war er der Hahn im Korb auf dieser Station. Es war ja schön, dass sie mit ihm zusammen sein wollten, dass sie sich darum rissen, mit ihm arbeiten zu dürfen. Aber mit der Zeit nervte ihn dieses Getue um seine Person mehr und mehr. Mit Unmut nahm er wahr, wie seine Kolleginnen Mathilda zunehmend ausgrenzten, sich kaum mit ihr unterhielten, sie oft alleine arbeiten ließen. Wenn Mathilda nicht im Raum war, schimpften die Kolleginnen wie die Rohrspatzen über sie, ließen kein gutes Haar an ihr, machten sie schlecht, wo es nur ging. Sie sei faul, langsam, drücke sich vor der Arbeit. Sie füge sich nicht in die Gemeinschaft ein, rede kaum mit jemandem, sei hochmütig und abweisend. Diese Klagen verwunderten Andreas nicht. Er verstand sehr wohl, worauf sich diese ablehnende Haltung gründete. Aber mit Bestürzung nahm er einen aufkommenden unterschwellig hasserfüllten Ton in diesen Reden wahr, etwas Beleidigendes, Herabsetzendes. Warum nur ging Mathilda nicht von sich aus mehr auf die Kolleginnen zu? Warum hielt sie sich so abseits? Das wirkte auch auf ihn mehr und mehr befremdlich.

Nie kam sie in den kurzen Verschnaufpausen ins Stationszimmer, um einen Kaffee zu trinken, etwas Süßes zu essen oder einfach nur ein paar Minuten auszuruhen. Nie sah er sie mit den Kolleginnen scherzen, nie sah er sie beim Abwasch, beim Zusammenlegen der Wäsche, das man ja gemeinsam erledigte, mit den anderen plaudern. Sie stand ganz für sich, in ihrer eigenen Welt. Dabei war sie alles andere als stumm. In den wenigen freien Minuten, die auch ihr zur Verfügung standen, konnte Andreas sehen, wie sie bei den Bewohnern im Aufenthaltsraum saß,

Mensch ärgere dich nicht oder Karten mit ihnen spielte. Sie unterhielt sich dabei recht angeregt und Andreas konnte zuweilen, wenn er zaghaft an ihr vorbeischlich, ein leises, aber volltönendes Lachen vernehmen. Sie hatte eine wohlklingende, tiefe Stimme, betonte das R etwas stark und zog es in die Länge, wie es bei den Deutschen, die diese Sprache im Ausland gelernt hatten, nicht selten der Fall war. Gerne hörte Andreas diese Stimme, gierig sog er den wohlklingenden, freundlichen Klang in sich auf, unwillkürlich verlangsamte sich sein Schritt, wenn er an Mathilda vorbeikam. Und auch die Heimbewohner, das merkte er wohl, waren gefangen von der zarten, unaufdringlichen Redeweise dieser Frau. Mathilda übte einen unübersehbar wohltuenden Einfluss auf sie aus. Mit Staunen nahm er wahr, wie rastlose, unruhige Bewohner still wurden und lauschten, wie Personen, die er noch nie ein Wort hatte reden hören, den Mund auftaten, sich am Gespräch beteiligten. Es schien ihm fast wie Magie, wenn er beobachtete, wie selbst furchtsame schwere Pflegefälle, deren Schreie man oft auf der ganzen Station hören konnte, ruhig wurden, zugänglich wurden, wenn Mathilda etwa deren Hände in die ihrigen nahm und besänftigend auf sie einsprach.

Andreas hätte durchaus die Gelegenheit gehabt, sie einmal anzusprechen, mit ihr näher bekannt zu werden. Aber seltsam. Eine gewisse Befangenheit überfiel ihn jedes Mal, wenn er sich ihr näherte. Er, Andreas, den alle Damen auf der Station liebten, er, der die Kolleginnen um den kleinen Finger wickelte, bekam Herzklopfen, ja, fast Angst, wenn er sich dieser sanften und zurückhaltenden Frau näherte. Er konnte sich das rational nicht erklären. Er spürte nur, dass ein gewisser Zauber von dieser Frau ausging, eine Aura schien sie zu umgeben, in die er sich sehr scheute, einzudringen. Die Gründe dafür waren ihm unbegreiflich. Diese Frau war ihm ein Rätsel, ein Mysterium. Und je länger dieser rätselhafte Zustand andauerte, je öfter er sich über diese geheimnisvolle Frau Gedanken machte, je unsicherer er sich in ihrer Gegenwart fühlte, desto mehr zog es ihn zu ihr hin.

Indes wurde der Unmut seiner Kolleginnen über Mathilda immer ärger. Auch kam es jetzt vor, dass Andreas Pflegefälle, die ihr zugeteilt waren, übernehmen musste, da sie es einfach nicht schaffte, die Personen in der zur Verfügung stehenden Zeit zu versorgen. Doch Andreas ließ sich nicht beirren. Es bedeutete zwar einen Mehraufwand für ihn und brachte auch einigen Stress mit sich, aber er machte es gerne. Wusste er doch, dass Mathilda im Nebenzimmer nicht eben faul oder nachlässig, sondern auf die ihr eigene Art und Weise gut mit den Bewohnern umging.

Es geschah jetzt häufiger, dass er im Schwesternzimmer Partei für Mathilda ergriff, wenn die Kolleginnen einmal mehr über diese Frau herzogen. Er versuchte zu erklären, dass Mathilda eben besonders sei, dass man sie nicht mit den Maßstäben gewöhnlicher Menschen messen konnte. Er versuchte, so etwas wie Verständnis und Wohlwollen für Mathilda zu erreichen. Dies gelang ihm sogar teilweise. Er konnte den Hass, den großen Unmut, der gegen Mathilda herrschte, etwas verringern, konnte seine Kolleginnen davon überzeugen, dass nicht alles schlecht sei, was Mathilda machte. So bewies er ihnen, dass viele der Bewohner und gerade die schwierigen von ihnen, die oft laut schrien oder rastlos umherwanderten, ruhiger, handsamer geworden seien, seitdem Mathilda auf der Station arbeitete. Er überzeugte sie davon, dass dies auch für sie selbst weniger Stress, weniger Aufwand, weniger Aufreibung der Nerven bedeute. Mit Eifer redete Andreas seinen Kolleginnen zu, mit großer Wärme setzte er sich für Mathilda ein. Zum ersten Mal in seinem Leben bekam er eine Ahnung davon, was Außenseiter, was Minderheiten in dieser Gesellschaft fühlen mögen, wie es Leuten ergeht, die nicht dazugehören.

Eines aber konnte er nicht schönreden. Eines musste auch er akzeptieren: Mathilda war einfach zu langsam. Und die anderen hatten darunter zu leiden.

Gerne hätte er doch einmal mit ihr geredet, hätte ihr etwas Zuversicht, etwas wie ein Zugehörigkeitsgefühl vermitteln mögen. Aber immer noch hielt ihn diese gewisse Scheu davon ab. Es war das erste Mal, dass er nicht wusste, wie er jemandem gegenübertreten sollte. Er fühlte ganz deutlich, dass sein Charme, mit dem er die meisten Frauen in seinen Bann zog, bei Mathilda nichts bewirken würde. Etwas, das ihn sehr erstaunte, wenn er in ihre Nähe kam, war Folgendes: Er fühlte einen großen Zwiespalt, etwas sehr Gegensätzliches, zwei Wirkprinzipien in dieser Frau walten. Das war neu für ihn und verwirrend. Da war zum einen der große Ernst, die große Ruhe, mit der sie ihre Arbeit verrichtete. Neben ihr wirkten er und die ganze Belegschaft wie kleine Kinder, wenn sie herumalberten oder über Dinge stritten, die im Grunde lächerlich waren. Zum anderen besaß sie auf ihre Weise wiederum eine Kindlichkeit, eine Unreife, die ihn sehr anzog, aber auch bestürzte. Es zeigte sich hier eine extreme Schüchternheit, eine große Hilflosigkeit im Umgang mit Kollegen und Vorgesetzten, die sie sehr verletzlich machte. Es kam oft vor, dass sie rot wurde und starr vor sich auf den Boden blickte, wie ein gescholtenes Kind, wenn sie in einer Besprechung einmal direkt angesprochen wurde. Freilich waren es meist Vorwürfe, die sie erhielt.

Fieberhaft überlegte Andreas, wie er sich Mathilda nähern könnte. Schon neigte sich das Praktikum dem Ende zu. Nur ein paar Tage noch würde er auf dieser Station arbeiten.

Aber er freute sich jetzt auf sein Studium, auf die Ausbildung zum Arzt. Denn so sehr ihm auch das Arbeiten in der Pflege gefiel, so großen Respekt und Achtung er auch vor seinen Kolleginnen und ihrer Tätigkeit bekommen hatte, im Innersten wusste er: Er selbst könnte diese Pflege, dieses ständige Bemühen um schwerkranke Menschen auf Dauer nicht durchhalten. Nicht so, nicht in diesem Ausmaß, nicht mit dieser Nähe. Und obwohl er die Frauen um sich herum bewunderte, die Tag für Tag, Woche für Woche, Jahr für Jahr unermüdlich ihre anstrengenden Aufgaben verrichteten, sah er doch auch die Spuren, die diese Tätigkeit in deren Antlitz hinterließ. Er sah die Müdigkeit in den Gesichtern, sah den frustrierten, fatalistischen Blick in den Augen, wenn die Sprache auf bessere Bezahlung oder Arbeitserleichterungen kam. Er verstand jetzt das Nervöse, dieses leicht Reizbare, das dünne Nervenkostüm besser, das fast alle seine Kolleginnen mit der Zeit angenommen hatten.

Vergessen waren seine Ideale, die er zu Anfang gehegt hatte. Vergessen waren die Träume von großer Menschlichkeit, von tiefster emotionaler Zuwendung. Vergessen auch waren die Geschichten von Albert Schweitzer oder Mutter Teresa. Das waren ja doch nur einsame Heroen, außerordentliche Persönlichkeiten, die in einer fernen Zeit und an weit entfernten Orten, der Menschheit seltsam entrückt, ihr großes, humanes Werk verrichtet hatten. Menschen dieser Art gab es nicht mehr, konnte es gar nicht mehr geben. In der heutigen, technisierten Welt, mit dieser großen Anzahl an Hochbetagten, dieser rasanten Zunahme von pflegebedürftigen, dementen, mit allen möglichen Einschränkungen versehenen Kranken war eine gewisse Mechanisierung, eine gewisse Rationalisierung und Distanz nicht zu vermeiden. Das hatte Andreas nun gelernt und davon war er auch zutiefst überzeugt.

Je weiter sich das Praktikum dem Ende zuneigte, desto öfter beschäftigten ihn Gedanken dieser Art. Und mehr und mehr begann er, Abschied zu nehmen von den Bewohnern der Station. Dabei bemerkte er mit Erstaunen, wie tief er manche von ihnen schon in sein Herz geschlossen hatte. Auch von seinen Kolleginnen begann er sich innerlich schon zu verabschieden. Ja, er würde sie vermissen, diese kleine Welt auf Station fünf.

Als er an einem seiner letzten Tage zur Mittagszeit gedankenversunken im Schwesternzimmer seinen Kaffee schlürfte, bekam er den Auftrag, doch einmal nach Mathilda zu sehen, sie wäre mit der Essensgabe wieder einmal in Verzug. Andreas hatte „seine Leute" bereits versorgt und ging nun nachsehen, wo Mathilda hängengeblieben war. Aha! Auf Zimmer acht brannte das grüne Licht, dort war Mathilda gerade am Arbeiten. Das hieß also, er würde in Zimmer neun weitermachen. Er wollte gerade dort hineingehen gehen, da bemerkte er einen gelben Lichtschimmer, der aus dem Nebenzimmer heraus auf den Flur fiel. Richtig, die Tür war einen Spalt breit offen. Neugierig ging er auf die Tür zu, drückte sie noch etwas weiter auf, damit er in das hell erleuchtete Zimmer sehen konnte. Überrascht blieb er stehen. Es war das Zimmer von Herrn Winkelmann, doch erkannte Andreas diesen nicht sogleich. Ohne Zweifel! Vor ihm lag Herr Winkelmann in seinem Bett wie jeden anderen Tag auch. Aber irgendetwas hatte sich an ihm verändert. Ein ganz neuer Mensch blickte Andreas hier entgegen. Später noch, Jahre später, wenn er sich dieser Szene erinnerte, überfiel ihn dieser Zauber, diese Rührung, diese ganz besondere Stimmung, die er in diesem Moment empfunden hatte.

Folgendes Bild bot sich ihm dar:

Herr Winkelmann sitzt, an das fast senkrecht gestellte Kopf-
teil gelehnt, aufrecht im Bett. Frisch gekämmt und rasiert, macht
er einen wachen Eindruck. Dieser Eindruck wird bestärkt durch
die offenen Augen, die irgendetwas an der gegenüberliegenden
Wand zu fixieren scheinen. Andreas kann sich nicht erinnern,
diese trüben, wässrigen Augen jemals so offen gesehen zu haben.
Überrascht stellt er fest, dass sie jetzt klar und freundlich und in
einem kräftigen Blau glänzen. Indes liegen beide Hände ruhig
auf dem Laken wie ehedem und auch sonst ist keine Bewegung
an Herrn Winkelmann wahrzunehmen. Er scheint gerade ge-
schluckt zu haben und Andreas bemerkt, wie sich die Augenlider
langsam senken, der Unterkiefer herunterklappt, so wie er es von
Herrn Winkelmann gewohnt ist. Aber da dringt, für ihn kaum
vernehmlich, von irgendwo her ein sanftes, ein wohlklingendes
leises Gemurmel an sein Ohr. Gleichmäßig durchdringt es den
Äther, gleichmäßig scheint es den gesamten Raum auszufüllen.
Einzelne Worte kann Andreas nicht verstehen, aber es hat etwas
Melodisches an sich, etwas Rhythmisches, gleich einem geister-
haften Singsang, ohne Anfang und ohne Ende. Dieses Gemurmel
geht wohl von Mathilda aus, die bei Herrn Winkelmann am Bett
sitzt. Ganz nahe sitzt sie bei ihm, den Rücken Andreas zugekehrt.
Den Arm leicht um die Schultern von Herrn Winkelmann gelegt,
befindet sich ihr Mund ganz dicht an dessen Ohr. Andreas kann
ihr Gesicht nicht sehen, kann nicht sehen, ob sie wirklich mit den
Lippen diese Worte formt. Doch in diesem Augenblick ist er fel-
senfest davon überzeugt, dass diese Stimme, dass diese Worte,
die so gleichmäßig den Raum erfüllen, nicht eigentlich aus ihrem
Munde dringen, sondern tiefer, viel tiefer, direkt aus ihrem Herzen entspringen müssen. Wie sanfte Wellen ein Meeresgestade
hinauflaufen, wieder abebben, wieder hinauflaufen, strömt
Woge um Woge dieses Singsangs über Andreas hinweg. Bewegt

und ergriffen steht er da und fühlt, wie ihm hier und jetzt etwas Besonderes widerfährt, wie in sein Herz etwas wohlig Warmes, etwas längst Vergessenes, etwas seit uralten Zeiten Bekanntes hineinfließt.

So steht er wohl eine Minute, ohne sich zu rühren, blickt auf Herrn Winkelmann, auf Mathilda, genießt den Frieden, der diesen Raum erfüllt. Schon will er sich leise und diskret zurückziehen, da bemerkt er eine Bewegung. Er sieht, wie Herr Winkelmann langsam den Kopf anhebt. Deutlich erkennt er jetzt sein Gesicht. Und fast stößt er vor Überraschung einen Schrei aus. Plötzlich erstrahlt ein Leuchten in diesem alten Gesicht, ein Leuchten in diesen nun klaren, offenen Augen, die ihm doch stets völlig erloschen und wie abwesend erschienen waren. Und zugleich mit diesem Leuchten formt sich etwas Neues in diesem Antlitz. Eine langsame Veränderung findet vor ihm statt, ein Ausdruck entsteht in diesen harten, faltigen Zügen, den er ebenfalls noch nie an Herrn Winkelmann wahrgenommen hat. Es ist kaum zu glauben, es erscheint ihm wie ein Wunder, aber ohne Zweifel und völlig natürlich geschieht es vor Andreas' Augen: Herr Winkelmann beginnt zu lächeln. Jetzt ist es wirklich deutlich zu erkennen. Er scheint unzweifelhaft und wahrhaftig zu lächeln! Langsam dreht er den Kopf und lächelt Mathilda zu. Und nicht nur ein Lächeln strahlt jetzt aus diesem Antlitz. Ein gewisser Schalk, etwas Spitzbübisches, fast schon kindlich Knabenhaftes zeigt sich in diesem zerfurchten, hohlwangigen Gesicht. Mit einem neuen, einem weisen, allumfassenden Ausdruck blickt er aus unendlichen Weiten kommend auf Mathilda. Und mehr noch! Ein heimliches Einverständnis mit seiner Pflegerin, eine geheime, seit Äonen bestehende Bruderschaft drückt dieses strahlende Gesicht nun aus. Kurz, hätte dieser Greis Mathilda jetzt lustig zugezwinkert, Andreas hätte nicht überraschter sein können. Und da vernimmt er wieder jenes leise, volltönende Lachen, das er von Mathilda ja schon kennt, und sieht zugleich, wie sie Herrn Winkelmann verständnisvoll zunickt.

Langsam nimmt sie den Löffel mit Eintopf vom Teller, den sie immer noch vor sich hält, und führt ihn weit in dessen Mund hinein. Der Singsang beginnt von Neuem und Andreas sieht erstaunt, wie Herr Winkelmann, langsam zwar und bedächtig, aber doch regelmäßig, zu kauen beginnt und schließlich alles in einem Zug hinunterschluckt. Aber schon wartet ein neuer Löffel voll Eintopf vor seinem Mund und auch diesen nimmt er ohne Zögern zu sich. Und so geht es in einem fort, Löffel für Löffel schluckt er hinunter, ohne auch nur ein einziges Mal einzunicken, bis der Teller fast zur Gänze geleert ist.

Nun hat Andreas genug gesehen. Leise und verstohlen schleicht er sich aus der Türe und betritt das Zimmer nebenan. Im Innersten beruhigt und von einer schweren Last befreit, setzt er sich an das Bett der Bewohnerin. Und mit einem freundlichen und ruhigen Geplauder greift er nach dem Teller, der schon bereitsteht, und nimmt sich vor, nicht eher zu gehen, als bis mindestens die Hälfte des Eintopfes im Magen der Bewohnerin gelandet ist.

Das gelbe Zimmer

Sanft trommelt der Regen an das Fenster, in großen Schlieren rinnt das Wasser an der Glasscheibe herunter. Die Welt zerläuft in grauen und braunen Farbklecksen. Ruth sitzt an ihrem Platz am Fenster, ihr Blick ist nach draußen gerichtet. Der Regen stört sie nicht, ebenso wenig die Schlieren, welche die Einzelheiten des Innenhofes, der Anlagen jetzt nicht mehr erkennen lassen. Hunderte Male, ja Tausende Male war sie hier gesessen, bei Sonne und Regen, bei Wind und Schnee. Sie kennt diese Aussicht. Sie kennt sie in- und auswendig, kennt diesen Teil des Innenhofes, mit seinen breiten, gepflasterten Wegen, den betonierten Pflanztrögen mit ihren sorgsam gepflegten, sauber zugeschnittenen Koniferen. Sie kennt die Rasenrabatten dazwischen, die beiden Bänke, auf denen sie so gerne träumend verweilt, mit dieser wunderlichen, dieser so lebendigen Hecke aus Rosen im Hintergrund. Selbst die penible Pflege der Gärtner, selbst das mehrmalige Zuschneiden im Jahr, kann dieser Hecke nichts von ihrer Vitalität und Frische nehmen. Und im Mai oder Juni, wenn die Rosen in voller Blüte stehen, ist es eine Pracht und ein unvergleichliches Erlebnis, auf der Bank davor zu sitzen, mit den geschlossenen Augen in die Sonne zu blicken, in dieser Wolke aus feinstem Rosenduft, nichts denkend, nichts wollend, nur fühlend, nur träumend.

Ruth sieht aus dem Fenster, aber der Blick ist nach innen gerichtet. Sie denkt an den Frühling zurück, an die wenigen schönen Tage, die sie dort auf der Bank gesessen war. Langsam ziehen die Bilder an ihrem inneren Auge vorüber. Sie spürt die Sonne auf ihrer Haut, sie fühlt den Wind durch das Haar streichen, sie sieht diese schweren, dunkelroten Rosenblüten direkt vor sich, riecht förmlich den satten, den feinen, unnachahmlichen Rosenduft. Sie sieht die Bienen fliegen, sieht die Spatzen sich um Brotkrümel streiten, die sie ihnen mitgebracht hat. Marion sitzt neben ihr, hantiert an ihrem Smartphone, manchmal ist auch Susi dabei, aber eher selten. Es waren dies die schönen Stunden, die Lichtblicke in diesem Jahr gewesen.

Die klatschenden Regentropfen holen sie in die Realität zurück. Mit einem tiefen Seufzer blickt sie nach draußen. Heute ist alles grau in grau. Selbst die beiden frisch gepflanzten Bäume im Hintergrund, die in den letzten Tagen noch in einem lustigen Gelb und Gelb-Rot hervorgeleuchtet hatten, wirken fahl und matt und tropfen nur so vor Nässe an diesem trüben Novembertag. Heute ist Mittwoch, heute kommen die beiden wieder zu Besuch, Marion und Susi, am Nachmittag, zur gewohnten Stunde. Aber man wird nicht nach draußen gehen können. Nicht bei diesem Wetter.

Sanft zupft etwas an Ruths Ärmel. Erschrocken fährt sie herum, beruhigt sich aber im selben Augenblick. Es ist immer das Gleiche. Immer wieder fällt sie darauf herein, immer wieder überrascht sie der neue T500 in ihren Träumereien, reißt sie aus ihren Gedanken. Den alten T450 hatte sie noch gespürt. Auf seinen drei Rädern war er nicht ganz so ruhig gelaufen, ein leichtes Vibrieren hatte den Raum durchdrungen, wenn er zur Tür hereingekommen war. Ganz anders der neue T500. Auf seinen vier walzenförmigen Rädern kommt er lautlos herangefahren, fast heimtückisch taucht er hinter ihr auf. Aber wie sanft, wie zärtlich, fast schüchtern zupft er dann mit einem der beiden Greifarme an ihrem Kleid. Dabei wirkt er fast wie ein kleines, schüchternes Kind, mit dem tonnenförmigen Körper, der großen Ablagefläche darauf, mit dem Gestänge für den großen Bildschirm und den dunklen Kameralinsen. Und erst, als sie sich umdreht, als sie ihm von Angesicht zu Angesicht in die Kameraaugen blickt, leuchtet auf dem großen Display über der Arbeitsplatte das „Guten Tag, Frau Rösler" auf und: „Ich bringe Ihnen das Mittagessen. Darf ich es auf den großen Tisch stellen?" Natürlich tönt es gleichlautend aus den beiden Lautsprechern. Aber das kann Ruth ja nicht hören. Seit ihrem zweiten Schlaganfall ist auch das gute Ohr nicht mehr tauglich und sogar die Hörgeräte vermögen den Verlust nicht mehr auszugleichen.

„S…s…steeell es ruuhig a…a…auuf den Tisch, Dschääms, uuund d…d…daanke für d…d…d…deine Auuufmerksamkeit", antwortet Ruth wie jeden Tag in ihrer langsamen, abgehackten Sprechweise. Sie nennt den T500 James, denn jeder Bewohner kann dem T500 einen individuellen Namen geben, der in das Gerät eingespeichert wird und nur für ihn reserviert ist. James verharrt eine Minute in Untätigkeit, er scheint zu überlegen. Und in der Tat hat er Schwierigkeiten, Ruth zu verstehen, deren Aussprache durch den Schlaganfall stark gelitten hatte. Schließlich kommt er zu einer Entscheidung: „Danke, Frau Rösler. Ich stelle es auf den großen Tisch und wünsche Ihnen einen guten Appetit", erscheint auf seinem Display. Mit einer eleganten Bewegung dreht er sich herum, fährt an den großen Tisch heran, nimmt mit seinen Greifarmen das Tablett mit dem Mittagessen vorsichtig von seiner Arbeitsplatte herunter und stellt es sachte auf dem Tisch ab. Dann drehen sich die beiden Kameraaugen zu ihr herum, betrachten sie eindringlich, wobei auf dem Display der Schriftzug erscheint: „Sollten Sie noch Wünsche haben, lassen

Sie es mich bitte wissen." Zügig, aber unhörbar fährt er zur Tür, die sich automatisch öffnet, und verschwindet auf den Flur.

Ruth fährt in ihrem Rollstuhl an den Tisch heran. Es gibt das Übliche. Ein Stück gebratenes Fleisch, das vorsorglich in kleine Stücke geschnitten ist, dazu einen Knödel, auch dieser schon mundgerecht zerlegt, und einen Blattsalat mit Gurke und Tomaten. Das Essen ist nicht schlecht, aber es ist eben Großküchenessen und weit davon entfernt, einen feinen Gaumen und sensible Geschmacksnerven zu befriedigen. Die kleinen Happen machen es Ruth leicht, das Essen mit nur einer Hand aufzugabeln und in den Mund zu befördern. Das Kauen dagegen fällt ihr schwer, ist doch auch die Zunge vom Schlaganfall betroffen und gehorcht ihrem Willen nicht mehr. Vielleicht beeinträchtigt das auch das Geschmacksempfinden und lässt das Essen fader erscheinen, als es in Wirklichkeit ist?

Riechen aber kann Ruth ohne Einschränkung. Lange kaut sie auf den Fleischstücken herum, bis sie sie schließlich unter Mühen hinunterschluckt. Doch das Kauen und Schlucken bereitet Ruth weniger Sorgen, sie hat ja Zeit und auch nichts weiter zu tun den lieben langen Tag. Das Sprechen dagegen ist schlimm. Nicht nur, dass sie auf Zeichen und Schrift angewiesen ist, um andere zu verstehen, es bereitet ihr auch große Schwierigkeiten, sich selbst verständlich zu machen. Meist sieht sie an den ratlosen Blicken, dass sich das Gegenüber keinen Reim auf ihr Gestammel, auf ihr Lallen machen kann. Wie bitter ist es, zu erkennen, dass sich der Gesprächspartner, ungeduldig schon, nach Blatt und Stift oder ihrem Tablet umsieht, um ihr zu bedeuten, sie möchte doch lieber schreiben, statt zu reden. Dabei hatte ihr der Arzt nach dem letzten Schlaganfall dringend geraten, so viel als möglich zu reden. Dann würde die Aussprache auch wieder besser werden.

Ja, ja, der Arzt hat gut reden. Aber die Möglichkeiten für Gespräche sind sehr begrenzt. Die Schwestern kommen einmal am Tag, ganz in der Frühe, um ihr bei der Morgenwäsche und beim Ankleiden behilflich zu sein, ihr die Medikamente für den Tag zu bringen, den Blutdruck zu messen und das Bett aufzuschütteln. Das geht schnell und ohne viele Worte. Ruth muss lächeln, als sie an die Schwestern denkt. Wie sind sie doch unterschiedlich in ihren Persönlichkeiten, in ihrer Arbeitsweise und Pflichtauffassung.

Da gibt es Margreth, die Resolute. Ruth kann ihre Vibrationen schon fühlen, wenn sie mit schweren, schnellen Schritten noch auf dem Flur unterwegs ist. Forsch, zügig und nicht gerade zimperlich, aber äußerst gewissenhaft macht sie ihre Arbeit. Es gibt keine überflüssige Bewegung, kein Zaudern, kein Verweilen, routiniert und sicher sitzt ein jeder Griff. Die schwarz glänzenden, etwas gewellten Haare umschließen ein hübsches Gesicht mit großen, dunklen Augen und einem schmallippigen Mund. Doch wirkt es stets etwas angespannt. Sie redet kaum, ist aber mit Aufmerksamkeit bei der Sache und merkt es sofort, wenn Ruth etwas sagen will, etwas begehrt. In ihren Händen fühlt sie sich absolut sicher. Aber der Typ für Gespräche ist Margreth nicht.

Dann gibt es da Ursula, die Gemütliche, von allen nur Ulla genannt. Sie ist etwas dicklich und langsam, ihr rundes, rotbackiges Gesicht strahlt Zufriedenheit aus, dabei ist auch sie gewissenhaft und sicher in ihrer Arbeit. Mit Ulla geht es Ruth wie mit James. Plötzlich steht sie im Raum, wie aus dem Boden gewachsen, macht sich aber deutlich bemerkbar, um sie nicht zu erschrecken. Ulla nimmt Ruth oft in den Arm, schwatzt auf sie ein, sie kann es an ihren Lippen erkennen, etwa wie: „Ja, ja, mein

Täubchen, ja, ja, bald kommt schon das Frühstück, wie geht's uns denn heute? Haben wir gut geschlafen? Haben wir etwas Schönes geträumt?", und dergleichen mehr. Ruth hatte mehrmals versucht, auf Ullas Fragen zu antworten, doch noch ehe sie die Worte richtig formulieren und artikulieren kann, redet Ulla schon wieder weiter: „Ist ja gut, ist ja gut, mein Kindchen, es ist schwer, ja, sehr schwer. Ich verstehe dich schon, verstehe dich sehr gut, mein Täubchen. Ja, ja, jeder hat sein Päckchen zu tragen, ja, ja, jeder …"

Am liebsten ist Ruth der junge Hans, der in der Einrichtung gerade sein Freiwilliges Soziales Jahr ableistet. Auch ihn fühlt sie schon auf dem Gange nahen, denn Hans, obwohl nicht besonders groß und zudem sehr zierlich gebaut, schreitet nicht einher, nein, er hüpft meist durch die Gegend. Dabei hat er immer ein Lächeln auf dem Gesicht und singt oder pfeift ein Liedchen für sich, das kann man deutlich an seiner Mimik ablesen. Wenn er Ruth beim Waschen oder Ankleiden hilft, erzählt er allerlei Geschichten, die sie unmöglich verstehen kann, aber er hört sofort auf, wenn sie ihm eine Frage stellt, wenn sie ihm etwas sagen will. Geduldig und aufmerksam hört er ihr dann zu, drängt sie nicht, unterbricht sie nicht, bis er sie endlich verstanden hat. Auch erweist er ihr so manche Gefälligkeit, bringt ihr etwa Bücher mit oder Zeitschriften. Ruth hat auf ihrem Tablet zwar einiges an Literatur gespeichert, doch mag sie am Bildschirm nicht so gerne lesen. Das ermüdet ihre Augen zu schnell, auch erzeugt es nicht die Stimmung, nicht die Atmosphäre, die für sie von jeher beim Lesen sehr wichtig ist. Gerne hätte sie mehr von Hans erfahren, wie er so lebt, was er so denkt, wie ihm die Welt da draußen erscheint, doch hätten sie dabei Handy und Tablet benützen und sich länger Zeit nehmen müssen. Und dafür ist der Zeitplan von Hans einfach zu eng getaktet.

Ruth ist fertig mit dem Mittagessen, sie bleibt aber noch eine Weile am Tisch sitzen, trinkt ein paar Schlucke von dem guten, reinen Mineralwasser. Gleich würde ja James wiederkommen, den Tisch abräumen, vielleicht auch etwas wischen oder saugen, denn seinen Kameraaugen entgeht nicht das geringste Staubkorn. Etwas später würde er ihr Kaffee und Kuchen bringen, würde sie fragen, ob er den Kaffee auf das Tischchen am Fenster stellen solle, würde sie fragen, ob sie etwa noch einen Wunsch hätte, höflich und zuvorkommend, elegant und zurückhaltend, wie er nun einmal ist. Wieder erscheint ein Lächeln auf ihren Lippen. Ja, ja, der James, mit ihm hat sie noch am meisten Kontakt.

Sie sieht über den Tisch auf die gegenüberliegende Wand, die im diesigen Licht verwaschen gelblich glänzt. Die ersten anderthalb Meter vom Boden weg sind mit gelber, abwaschbarer Farbe gestrichen. Das ist der Bereich, den James noch erreichen kann und man hat fast den Eindruck, es mache ihm Spaß, wenn er mit seinem Putzlappen die Wand wischt und wienert, unermüdlich, bis sie glänzt und schimmert. Die Wand darüber und auch die Decke sind in einem etwas dunkleren Gelb gehalten. Der ganze Raum ist somit horizontal in eine hellgelbe untere und eine dunkelgelbe obere Hälfte geteilt. Wer sich wohl diese Farben ausdachte? Irgendwo hatte sie einmal gelesen, dass Gelb für die Sonne stünde, für Helligkeit und Weisheit, aber auch für Herbst und Reife. Ruth lächelt. Na, mit der Weisheit würde es wohl noch ein Weilchen dauern. Aber mit Herbst und Reife kann sie sich gut identifizieren. Indes, dieses Gelb gefällt ihr nicht besonders. Obwohl sich James alle erdenkliche Mühe gibt und die Wand sauber und glänzend hält, wirkt sie doch immer ein wenig schmuddelig, ein wenig verdunkelt, erinnert ein wenig an Zahnbelag. Ein reines Weiß wäre ihr da schon lieber gewesen. Um den unangenehmen Eindruck abzuschwächen, hatte Ruth schon am Anfang, ganz am Anfang, als sie hier eingezogen war, verschiedene Bilder an den Wänden aufhängen lassen.

Eines davon, in einem schönen dunklen Rahmen, es hängt ihr jetzt genau gegenüber, zeigt sie und ihren Mann Rudolf auf einem Gipfel in den Alpen. Wie es ihr nach dem Essen so zur Gewohnheit geworden ist, stützt sie ihren Kopf in die linke, in die gute Hand und sieht verträumt auf dieses farbenfrohe, dieses leuchtende Bild vor der gelbgrauen Wand hinüber. Ach, wie oft hatte sie es schon betrachtet, wie oft war sie schon verträumt davor gesessen, wie oft in all diesen Jahren!

Es ist ein schönes Bild. Stolz stehen sie beide auf dem felsigen Gipfel und lachen in die Kamera. Rechts neben ihnen ist der untere Teil des Gipfelkreuzes zu sehen, mit der Schachtel für das Gipfelbuch. Es ist ein wuchtiges hölzernes Kreuz, stabil mit einem Eisengerüst im Fels verankert. Ruth steht etwas unterhalb von Rudolf und etwas seitlich zur Kamera. In einer Hand hält sie die Gehstöcke, mit der anderen umfasst sie die Taille ihres Mannes. Dieser steht breitbeinig hinter ihr, den rechten Arm um ihre Schultern gelegt, sieht er froh in die Kamera. Und so breit wie seine Schultern, seine Brust, so breit ist auch das Lachen in seinem Gesicht. Die grüne, gepolsterte Jacke halb geöffnet, den grauen Tirolerhut mit der langen Feder auf dem Kopf, wirkt er so stolz, so glücklich, dass es eine Freude ist, ihn anzusehen. Aber auch sie, Ruth, lacht glücklich aus dem Bild heraus, in ihrer roten Jacke, in der gut geschnittenen, braunen Outdoorhose und mit den damals noch langen, noch goldenen Haaren, die fröhlich im Winde wehen. Und über allem und hinter allem spannt sich ein unendlich weiter, unglaublich blauer, ja, ein enzianblauer Himmel. Und obwohl dieses Bild schon so viele Jahre in seinem Rahmen steckt, obwohl es schon in verschiedenen Zimmern hing, strahlt dieses Blau, dieser gewaltige Himmel noch so frisch, noch so unberührt aus ihm heraus wie an jenem Tage, als sie die Aufnahme gemacht hatten. Ach, wieviel Zeit war seither vergangen! Wieviel hatte sich seitdem verändert! Rudolf gibt es nicht mehr und auch nicht die langen, goldenen Haare. Und, ja, auch das Gipfelbesteigen und das Wandern in den Bergen gibt es nicht mehr und, ach, noch nicht einmal das Spazierengehen ist ihr geblieben.

Ob dieser Himmel wohl noch existiert, da draußen, da droben in den Bergen? Lange sieht Ruth auf das Bild, auf dieses Blau, starr wird ihr Blick, verliert sich im Unendlichen. Andere Himmel erscheinen vor ihrem Auge, bei anderen Wanderungen. Sie sieht sich in den Anden, in luftiger Klarheit von 5000 Metern Höhe, sieht sich auf einem Bergpfad wandern, vor sich Rudolf, ein kleiner grüner Punkt vor einer grandiosen weißen Gletscherkulisse und darüber wieder dieser stahlblaue, dieser grenzenlose, weite Himmel. Sie sieht sich im Indischen Ozean schnorcheln, getragen von einem warmen, weichen Fluidum, umgeben von farbenfrohen Fischen, von bunten Korallen, urtümlichen Schwämmen. Sie sieht sich am Rande des Riffs im Raume schweben, unter sich nur noch verblauende Tiefe, unergründliche, düstere Unendlichkeit. Andere Erlebnisse längst vergangener Reisen tauchen tief aus ihrem Inneren auf. Gleich einem Fluss, gleich einem trägen, langsamen Strome fließen die Bilder in ihr Bewusstsein hinein, ohne Pause, unaufhaltsam. Sie sieht sich als junges Mädchen lachen und tanzen, sieht ihre erste Liebe Franz wieder, diesen schüchternen, warmherzigen Jungen, der sie so geliebt, so sehr geliebt hatte. Wie war das doch märchenhaft schön gewesen. Es erscheint ihr jetzt wie ein glücklicher Traum. Sie fühlt deutlich das Gefühlschaos in ihrem Inneren, auch jetzt noch, fühlt die Schmetterlinge im Bauch, das Auf und Ab, auch die Angst vor dem Neuen, die sie damals empfunden hatte. Wie in einer Achterbahn war es zugegangen. Ach, wie war das herrlich lebendig gewesen! Wie hatte sie gelebt, wie hatte sie geliebt!

Und dann kam Rudolf, stattlich, überlegen, ein Mann, an den man sich anlehnen konnte. Sie sieht sich und Rudolf, jung und dynamisch, voller Ideale, von einer gemeinsamen Zukunft träumend. Sie sieht sie beide an einem Haus bauen, mit Handwerkern streiten, von Geldsorgen geplagt, sie ist schwanger, wieder etwas Neues, etwas noch Wunderbareres, noch Tieferes, noch Lebendigeres.

Bilder fliegen vorbei, Bilder mit Kinderwagen und Babygeschrei. Bei einem Bild verweilt sie lange. Sie trägt das schlafende Kind in dunkler Nacht durch den Garten von der Garage ins Haus. Ihre Arme hat das Mädchen fest um Ruths Hals geschlungen, das Gesichtchen in ihre Schulter vergraben. Sie spürt noch jetzt die Wärme an ihrem Hals, riecht noch jetzt das leicht schwitzige Haar an ihrer Wange, fühlt den erschlafften, total entspannten Körper schwer in ihren Armen hängen.

Aber schon wird dieses Bild verdrängt von einem anderen, einem hellen, sonnendurchstrahlten. Es ist Frühling, einer der ersten schönen Tage nach einem langen, dunklen Winter. Sie sieht sich im Garten stehen, bei den Rosenbüschen. Sie hat die gute Gartenschere in der Hand. Mit einem aufmerksamen Blick prüft sie das Gewirr aus altem und frischen Holz. Mit sicherer Hand und einem schnellen, glatten Schnitt entfernt sie totes Holz und überhängende Triebe aus dem Gesträuch. Konzentriert arbeitet sie, setzt den Schnitt genau oberhalb des von ihr gewählten Auges. Und dennoch hört sie zugleich den Glöckchengesang der Kohlmeise im Baume, hört das Abendlied der Amsel auf dem Dachgiebel, spürt den leichten Wind durch ihr Haar wehen, riecht den herben Duft von altem Laub, vermischt mit dem Frühlingsduft von neu erwachtem Leben. Da erregt etwas ihre Aufmerksamkeit. Kinderlachen tönt von der Rasenfläche am Teich herüber. Marion sitzt dort mit einer Freundin im Gras. Sie spielen mit ihren Puppen. Ruths Blick gleitet darüber hinweg, wandert befriedigt zur Magnolie, die übervoll in Blüte steht. Sie hat heuer ein gutes Jahr erwischt. Ihr Blick streift den Kirschbaum, dessen Knospen, dick und prall, kurz vor dem Aufblühen stehen, geht hinüber zur Einfahrt, wo Rudolf sein Fahrrad instand setzt, die Hände ölverschmiert, konzentriert bei der Arbeit auch er. Und sie fühlt es deutlich. Amsel und Meise, Magnolie und Kirschbaum, Rudolf, Marion und ihre Freundin, alles schwingt im gleichen Rhythmus, alles atmet den gleichen Atem, alles ist lebendig, alles beseelt, in einem Wort zusammengefasst ist das: Harmonie.

Ruth verweilt lange bei diesem inneren Bild. Gewiss, sie hatte glücklichere Stunden erlebt, schönere Ereignisse, doch immer, wenn sie an das Familienleben, an diese Phase ihres Lebens zurückdenkt, erscheint dieses Bild zuallererst in ihrer Erinnerung.

Aber es tauchen auch Bilder des Kummers, des Leides und der Betrübnis in diesem Lebens- und Bilderstrome auf. Sie sieht sich an einem Bette sitzen, mit sorgenvoller Miene, das fiebernde Kind vor sich im nassgeschwitzten Laken. Ein Kinderlied summend, kühlt sie die glühende Stirn mit einem nasskalten Lappen.

Sie sieht sich streiten mit Rudolf, sieht sich schreien und toben, spürt dieses grässliche Gefühl zwischen sie beide treten, das Misstrauen. Deutlich fühlt sie jetzt den Schmerz tief aus ihrem Inneren aufsteigen. Es hat sich kaum etwas verändert, nein, der Schmerz ist da, nicht mehr so schneidend zwar, nicht mehr so höllisch brennend, aber er ist immer noch da, wie damals, wie in jener Zeit, in der schwierigsten Phase ihrer Ehe.

Ruth lehnt sich in ihren Rollstuhl zurück, schließt die Augen. Ein tiefer Seufzer entringt sich ihrer Brust. Nein, es gibt kein Vergessen, kein Verdrängen, kein Verschweigen. Der Schmerz, er würde immer da sein, auch diese Bilder, sie würden niemals verschwinden. Und da taucht ihr eigenes Vergehen vor ihrem geistigen Auge auf. Eine Trotzreaktion, gewiss, eine Tat, aus tiefer Verunsicherung heraus entstanden. Aber ist sie deswegen besser?

Doch schon fließt er weiter, der Bilderstrom, das Kaleidoskop ihres Lebens. Andere Bilder tauchen auf, fröhliche wieder und schönere. Ein neuer Rudolf jetzt, ruhiger und zurückhaltender und sanfter. Dankbar schaut sie zurück auf dieses wiedergewonnene Leben, dieses wiedergewonnene Glück. Und es reiht sich Szene an Szene, Kindergeburtstage, Urlaube zu dritt, Tränen und Sorgen um den Teenager, Aufregung um den beruflichen Neuanfang.

Und dann kommt die Erinnerung an die schwersten Stunden ihres Lebens, die lange Krankheit, das langsame, das unaufhaltsame Schwächerwerden, Dahinsiechen ihres Ehemannes Rudolf. Tief saugt Ruth die Luft in ihre Lungen. Da ist es wieder, dieses Bild, dieses intensive, unauslöschliche, dieses wunderbare Bild. Klar und deutlich steht es jetzt vor ihr: Rudolf in seinen letzten Tagen. Von der Krankheit schon schwer gezeichnet, liegt er im Bett, den Kopf etwas erhöht, damit ihm das Atmen leichter fällt. Ausgezehrt liegt er da, schütter das einst so volle Haar, hohl die Wangen, gelblich seine Haut. Sprechen ist ihm nicht mehr möglich. Doch er sieht sie an, unverwandt, mit einem Blick, wie man ihn niemals beschreiben kann, so klar, so durchdringend, ja flehentlich. Aus Augen, die tief in ihren Höhlen liegen, die geheimnisvoll in einem flackernden Feuer glühen, sieht er sie an, eindringlich, unverwandt. Sein ganzes verbliebenes Leben, seine ganze Seele hat sich, so scheint es, in diesen Blick, in diese Augen zurückgezogen. Und sie versteht. Aus diesem Blick spricht die Bitte um Verzeihung und es spricht Dankbarkeit daraus, Dankbarkeit für alles, was sie ihm gegeben hatte. Und zuletzt, ganz zuletzt, spricht aus diesen Augen, diesen glänzenden, feurigen Augen, nur noch die Liebe, eine große, eine unendliche Liebe. Und was sie etwa noch an Groll, an Ärger gegen ihn tief in ihrem Herzen gehegt hatte, schwindet dahin und löst sich auf wie leichter Nebel an einem sonnigen Herbstmorgen.

Ganz deutlich sieht Ruth dieses Bild jetzt in ihrem Inneren, jede Einzelheit, jedes Detail tritt fast plastisch daraus hervor. Und damals, ja, damals schon, als sie an seinem Bett gewacht hatte, hatte auch sie tiefe Dankbarkeit empfunden, war sie sich des Glückes, das sie in ihrem Leben hatte genießen dürfen, des Glückes mit Rudolf, bewusst gewesen.

Und ja, auch für die schlechten Stunden, auch für Leid und Trübsal ist sie jetzt dankbar. Sie gehören ja zum Leben dazu wie Glück und Freude. Ist denn nicht alles in diesem wunderbaren Leben köstlich und lebenswert? Muss den Höhen denn nicht unweigerlich ein Tief vorausgehen? Sind denn nicht …?

Da fühlt Ruth ein festes Ziehen an ihrem Kleid. Sie reißt die Augen auf. Ach, James ist wieder da! Da steht er nun vor ihr, mit einem Tablett voll Kuchen und Kaffee auf seiner Ablagefläche. Und über sein Display flimmert in großen Lettern und mit Ausrufezeichen: „Frau Rösler! Frau Rösler! Darf ich Ihnen den Kaffee servieren? Frau Rösler! Frau Rösler! Darf ich Ihnen den Kaffee servieren? Frau Rösler …!" Er sieht fast ein wenig bedröppelt aus mit seinem Tablett auf der runden Tonne, den großen, dunklen Kameraaugen, die sie anstarren, und der unruhig flackernden Schrift auf dem Display. Ruth muss direkt lachen. Es ist ja ihre Schuld. Zuweilen, wenn sie in ihre Träumereien versunken oder einfach eingeschlafen ist, passiert es eben, dass James sie nur durch ein mehrmaliges kräftiges Ziehen an der Kleidung aufwecken kann. Und der durcheilende Schriftzug auf dem Bildschirm, der wie eine Alarmmeldung flackert, signalisiert ihr, wie vergeblich er sie zu wecken versucht hatte und wie unangenehm dies jetzt für ihn sein muss. Schnell versucht sie, ihn zu beruhigen:

„G…guut, isss ja g…guut Dschääms, s…s…steeell es ruuhig a…a…auuf den Tisch a…aaam F…fensterrr."

Auf dem Display kehrt augenblicklich Ruhe ein:

„Danke, Frau Rösler. Ich stelle es auf den Tisch am Fenster und wünsche Ihnen einen guten Appetit."

Mit gewohnter Eleganz fährt James zum Fenster und stellt das Tablett auf dem Tischchen dort ab. Dann dreht er sich noch einmal zu Ruth, nimmt das Tablett mit dem Mittagsgeschirr auf seine beiden Greifarme und verabschiedet sich mit den Worten: „Sollten Sie noch Wünsche haben, lassen Sie es mich bitte wissen."

Ruth fährt mit ihrem Rollstuhl an das Tischchen heran. Fein duftet der Kaffee, lecker verführt der Sahnekuchen, lustig und farbenfroh lacht die gefaltete Serviette vom Teller. Sie sieht aus dem Fenster. Es hat aufgehört zu regnen, doch bietet sich ihr das gleiche traurige Bild wie schon vor Stunden. Aber sie ist froh in ihrem Herzen. Sie weiß ja, in einer Stunde, vielleicht schon früher, würden sie da sein, Marion, ihre Tochter, und Susi, ihre Enkelin. Mit Genuss lässt sie sich Kaffee und Kuchen schmecken. Anschließend lehnt sie sich gemütlich in ihren Rollstuhl zurück, blickt lange aus dem Fenster. Traurig hängen die letzten nassen Blätter an den Bäumen. Die Rosenhecken wirken jetzt schmutzig grün. Frisch, aber etwas zu exakt geschnitten, wie leblose Quader, rahmen sie die beiden Sitzplätze ein. Verlassen und grau liegen auch die Fußwege. Ruth schließt die Augen und versucht, sich an den Frühling, an den Sommer zu erinnern. Indes, es will ihr nicht richtig gelingen.

Da wird sie sanft geschüttelt. Sie möchte schon wieder James begrüßen, aber es ist Marion, die sich über sie gebeugt und aufgeweckt hat. Marion sieht sie verwundert an. Sie sagt etwas zu ihr, doch redet sie so schnell, dass Ruth noch nicht einmal einzelne Wörter von den Lippen ablesen kann. Hinter Marion steht Susi in ihrem gelben Regenmantel. Die Mütze auf dem Kopf, blickt sie in ihr Handy, das sie nahe vor das Gesicht hält.

„H...h...hallooo, Maaarion, h...h...hallooo S...s...suuuusi, iiicch m...m...möööchtee ..."

Aber da wedelt Marion ihr schon mit dem Zeigefinger vor dem Gesicht herum. Sie fragt Ruth etwas, doch im selben Augenblick wendet sie sich abrupt ab, richtet sich kerzengerade auf und schaut durchs Zimmer. Sie scheint etwas zu suchen. Jetzt geht sie zielstrebig zum Bett, öffnet das Nachtkästchen und holt das Tablet daraus hervor. Nachdem sie ein paar Mal hin und her gewischt hat, sieht sie zufrieden aus, gibt Ruth das Tablet, nimmt ihr Smartphone in beide Hände und hurtig beginnen ihre Daumen, darauf zu tippen. Groß und deutlich erscheinen jetzt die

Lettern auf Ruths Tablet.

„hallo mama so geht es doch viel besser wie geht es dir du sitzt ja wieder so allein in deinem zimmer fahr doch mal nach vorne in den gemeinschaftsraum zu den anderen dann bist du nicht so alleine ach heute können wir leider nicht hinausgehen das wetter ist wirklich zu schlecht"

Dann wendet sie sich ihrer Tochter zu. Ruth sieht zu Susi hinüber, die sich auf das Bett gelegt hatte und nun ebenfalls in ihr Smartphone tippt. „hallo oma" Ruth will gerade „Hallo Susi!" auf ihr Tablet tippen, da bemerkt sie, wie Marion wild gestikulierend auf das Bett zustürzt und die Enkelin herunterstaubt. Susi springt mit einem Satz aus dem Bett. Zornig schleudert sie die Gummistiefel von sich und wirft den noch nassen Regenmantel auf den Boden. Einen Schmollmund ziehend, hüpft sie zurück ins Bett, starrt auf ihr Handy und schenkt der Mutter keinerlei Beachtung mehr. Ruth lächelt. Der Schmollmund, die dunklen Haare, die jetzt in langen Zöpfen zu beiden Seiten des Kopfes auf dem Kissen liegen, das spitze Kinn und die feurigen Augen, die wieder das Handy fixieren, erinnern sie sehr an Rudolf. Und ja, auch das Temperament hat sie von Rudolf geerbt, genauso wie ihre Tochter Marion. Sie weiß, das Verhältnis zwischen den beiden ist zurzeit nicht einfach. Hatten sie vorhin etwa wieder miteinander gestritten?

Marion wendet sich wieder Ruth zu:

„tut mir leid mama sie könnte wenigstens die gummistiefel und den regenmantel ausziehen ach dieses kind tut nichts was man ihm sagt folgen ist für sie ein fremdwort den lieben langen tag starrt sie in ihr handy immer in dieses handy gerade noch dass ich sie zu ihren hausaufgaben bewegen kann der ella geht es mit ihrer kathrin genauso hat sie mir gesagt ist jetzt das schwierige alter hat sie mir gesagt sag mal mama war ich denn genauso in diesem alter ach ein anruf einen moment mama"

Und sie wischt ein paar Mal auf ihrem Smartphone, bevor sie mit einem fragenden Ausdruck im Gesicht hineinspricht. Nichts mehr erscheint auf Ruths Tablet.

Ruth blickt auf. Aufmerksam beobachtet sie ihre Tochter, die jetzt ruhig im Zimmer auf- und abgeht. Groß ist sie, groß gewachsen und schlank. Das gleichmäßige, ovale Gesicht mit den großen, dunklen Augen ist schön, wirkt aber durch den zusammengepressten Mund etwas verhärmt. Wenn man genau hinsieht, kann man erste Ansätze von Fältchen bemerken und leichte Andeutungen von Runzeln auf der Stirn. Doch fallen diese Feinheiten nicht gleich auf, denn der erste Eindruck ist geprägt von den überaus langen, dichten, goldblonden Haaren. Es ist Ruths üppiges, schönes Haar, das sie der Tochter vererbt hat, und sie ist ein wenig stolz darauf. Allerdings trägt Marion die Haare gerade nicht offen, sondern hat sie zu einem Pferdeschwanz zusammengebunden, der jetzt bei jedem Schritt lustig mitwippt. Elegant wirkt das enganliegende, dunkle, halblange Kleid, das sie heute trägt, die langen Beine allerdings sind nicht zu sehen, bis zu den Knien stecken sie in schwarzglänzenden Schaftstiefeln. Eine schöne Frau, fürwahr. Auch dem Charakter nach fühlt Ruth sich ihrer Tochter sehr verwandt. Bestimmt und selbstbewusst war auch sie selbst gewesen, doch hatte sie nicht dieses aufbrausende Temperament, dieses Cholerische an den Tag gelegt. Oder täuscht sie sich da etwa?

„tut mir leid mama du weisst schon die maria meine freundin immer probleme mit ihrem gewicht eine diät nach der anderen und jedes mal ist sie danach dicker als zuvor haha aber wo waren wir stehen geblieben ach ja die susi die folgt einfach nicht sie kommt von der schule nach hause und verschwindet in ihrem zimmer sitzt dauernd vor ihrem handy oder dem laptop ich weiss noch nicht mal mit wem sie da chattet wo sie sich im internet überall herumtreibt ach ihr habt es da einfacher gehabt bei euch gabs das alles noch nicht whats app youtube facebook cybermobbing zum tennis muss ich sie jedes mal eine stunde überreden und zum klavierüben muss ich sie fast hinprügeln ich kann dir sagen das ist ganz schön anstrengend und die schulischen leistungen lassen auch schon sehr zu wünschen übrig aber der betty geht es genauso mit ihrer helena stell dir vor die hat sogar schon einen freund schon seit drei monaten und die betty hat ihn noch nicht mal gesehen noch kein einziges mal aber mama wie geht es dir eigentlich?"

Marion hält inne, blickt auf Ruth, die jetzt auf dem Tablet zu tippen beginnt.

„Mir geht es gut, Marion. Danke. Es fehlt mir an nichts hier und …"

„ich weiss schon mama es ist ja ein schönes zimmer mit einem schönen blick nach draussen obwohl es heute ja regnet und die schwestern sind auch sehr zufrieden mit dir aber du solltest öfter einmal nach vorne kommen in den aufenthaltsraum da wärst du nicht so alleine hättest mehr gesellschaft die machen auch spiele mit den bewohnern weisst du einmal in der woche kommt eine pädagogin da singen sie zusammen so alte lieder ich kenne das ja nicht mehr aber es müssen lieder aus deiner jugend sein so was wie das wandern ist des müllers lust oder hoch auf dem gelben wagen das habt ihr doch früher immer alle gesungen bei euren festen an der kellerbar haha nun sag schon"

Ein Lächeln spielt um Marions Lippen, das Gesicht wirkt jetzt schön und entspannt, lustig blitzen die dunklen Augen daraus hervor. Auch Ruth lächelt und schreibt.

„Weißt du, Marion, das mit den Festen stimmt schon, allerdings war das weit weniger häufig, als du vielleicht glaubst."

Und mit einem ernsten Gesichtsausdruck tippt sie weiter: „Aber singen kann ich nicht mehr und hören auch nicht. Was soll ich denn dann da vorne. Und ich fühle mich doch wohl hier, in meinem Zimmer. Es fehlt mir ja nichts. Wie geht es dir eigentlich mit Robert?"

Marion schweigt. Auch ihr Lächeln ist verschwunden. Hass füllt ihre Augen, geräuschvoll schnaubt sie durch die Nase.

„robert robert hör mir blos mit robert auf dieser schuft dieses aas ach seitdem er ausgezogen ist streiten wir nur noch wenn wir uns treffen und treffen müssen wir uns ja du weisst schon wegen der scheidungsangelegenheiten bloss gut dass mir das haus gehört und stell dir vor er versucht jetzt den unterhalt zu drücken er hat kaum gewinn in seiner firma sagt er kann kaum selber davon leben sagt er dabei fährt er einen siebener bmw und lässt es auch sonst krachen dieser schuft dieser elende ..."

„H...h...haaaalt, Maaarionnn, h...h...haaalt!"

Ruth hebt beschwichtigend die Hände. Marion stockt. Sie ist sichtlich erschrocken. Ruth hatte laut gesprochen, sehr laut, fast geschrien. Und selbst Susi blickt kurz von ihrem Handy auf, sieht zu den beiden hinüber. Da tippt Ruth langsam in ihr Tablet:

„Marion, ich finde, ihr solltet versuchen, wieder zueinander zu kommen. Kannst du ihm denn nicht verzeihen? Weißt du, dein Vater war auch nicht gerade ein Heiliger, aber ..."

„ich weiss schon ich weiss schon ich habe das ganze ja live mitgekriegt obwohl ich noch so klein war ich kann mich noch gut daran erinnern mama wie du geweint hast wie du dich eingesperrt hast aber dann hast du ihm doch vergeben hast du dich ihm untergeordnet aber nie und nimmer hätte ich ihm das vergeben mama ja gut der papa war ja ein liebevoller mensch und ich mochte ihn ja sehr wirklich sehr aber das ne der hätte was von mir zu hören gekriegt den hätte ich zur sau gemacht den hätte ich an die wand genagelt nicht wie du so zaghaft so rücksichtvoll versuchen alles zu verstehen ne ne ne da sind wir heute gott sei dank aus einem anderen holz geschnitzt das lassen wir heute nicht mehr mit uns machen und was robert anbelangt diesen schuft dieses miese ach schon wieder ein anruf moment mama"

Marion geht wieder im Zimmer auf und ab. Lebhaft gestikulierend spricht sie in ihr Smartphone. Ruth indes beachtet sie nicht weiter. Sie denkt an Rudolf und die vielen schönen Jahre, die sie nach ihrer Ehekrise noch zusammen verbracht hatten. Vor allem die letzte Zeit, sie beide schon im Ruhestand, waren von einer ruhigen, sanften Innigkeit gewesen, einer Verbundenheit, die sie sich in den frühen Jahren nicht hätte vorstellen können. Und wie hatte sich Rudolf nach ihrem ersten Schlaganfall um sie gekümmert! Er, der Unbeherrschte, er, der Polternde, der Ungeduldige, hatte plötzlich Verständnis gezeigt, war so aufmerksam um sie gewesen. Auch als es mit dem Hören schlechter ging, hatte er viel Geduld bewiesen, wenn sie etwas nicht verstanden hatte, nachfragen musste, immer wieder nachfragen musste. Und wenn sie es genau betrachtet, waren dies für sie die schönsten Jahre in ihrer Beziehung gewesen, schöner noch als die erste wilde Verliebtheit.

Eine Bewegung zieht Ruths Aufmerksamkeit auf sich. Susi ist vom Bett heruntergerutscht, kommt langsam auf sie zu. Sie tippt in ihr Smartphone und setzt sich ohne Weiteres auf Ruths Schoß. Behaglich lässt sie sich zurücksinken, legt ihren Kopf an Ruths Wange. Hell blinken die Buchstabenreihen in Ruths Tablet auf.

„sieh mal oma ich habe schon das dritte level erreicht jetzt kommen die neuen waffen zum einsatz und der imperator muss sich in die ebene von umak zurückziehen" Und begeistert wischt sie über das Touchscreen, worauf eine urtümliche Landschaft erscheint mit fabelhaften Bäumen, urigen Sträuchern, wilden Steinbergen und Schluchten. Ruth kann das nicht genau erkennen, sie hat ihre Brille nicht zur Hand, aber sie fühlt den warmen Körper an ihrer Brust, sie riecht das frische, duftende Haar an ihrer Wange, sieht die flinken Finger über das Handy huschen, den begeisterten Blick in den Augen der Enkelin.

„Oh, das ist aber ein schönes Spiel, mit so schönen Landschaften", beeilt sie sich, in das Tablet zu tippen. Nur kurz leuchten die Buchstaben in Susis Handy auf, dann hat sie sie schon beiseite gewischt und sich wieder in ihre Landschaften vertieft, aber enger noch und tiefer schmiegt sie sich jetzt an Ruths Körper.

Ruth schließt die Augen. Mit beiden Armen hält sie die Enkelin umfangen, aufgeregt spürt sie das Herz in Susis Brust schlagen, tief saugt sie den frischen Duft der Haare in ihre Lungen, erfüllt sich ganz mit diesem jungen Leben. Ein Lied erklingt in ihrem Inneren, ein Lied aus fernen Tagen, ein Kinderlied vielleicht, vielleicht eine Arie. Wer kann das unterscheiden? Und leise summend wiegt sie das Kind auf ihrem Schoß.

Da wird sie wieder angestupst. Marion steht vor ihr, unwillig schüttelt sie den Kopf, deutet auf das Tablet. Dann tippt sie in ihr Handy.

„wir müssen jetzt gehen mama du weisst ja um halb 6 ist meine yogastunde heute beginnt der neue kurs da möchte ich nicht zu spät kommen und ähhm eins noch mama kannst du mir vielleicht etwas geld leihen vielleicht fünfzig euro oder hundert am anfang müsssen wir ja immer bezahlen und immer schon für die ganzen zehn stunden aber du bekommst es bestimmt zurück beim nächsten mal oder übernächsten mal"

Ruth überlegt nicht lange. Schnell tippt sie in ihr Tablet: „Natürlich, Marion, du weißt ja, wo meine Geldbörse liegt, im Nachtkästchen, in der oberen Schublade."

Marion bedeutet ihrer Tochter, sich anzuziehen, dann geht sie zum Nachtkästchen, nimmt sich ein paar Scheine aus dem Geldbeutel.

„auf wiedersehen mama also bis in 4 wochen dann"

„Auf Wiedersehen, Marion."

Susi kommt noch einmal und umarmt Ruth.

„auf wiedersehen oma", erscheint auf dem Tablet.

„Auf Wiedersehen, Susi."

Sie drückt die Enkelin ganz fest an sich, dann lässt sie los, gibt ihr noch einen Kuss auf die Stirn. Beide winken ihr zu, als sie das Zimmer verlassen. Lautlos fällt die Tür ins Schloss.

Lange noch, nachdem sie verschwunden sind, sieht Ruth auf diese gelbe Tür. Es dunkelt bereits und das Gelb verliert sich in einem dämmrigen, düsteren Grau. Bald wird James wieder durch diese Tür hereinkommen, wird ihr das Abendessen bringen und in seiner höflichen, unnachahmlich eleganten Art wird er Ruth in großen, fein gezogen Lettern bedeuten:

„Sollten Sie noch Wünsche haben, lassen Sie es mich bitte wissen."

Danksagung

Ganz herzlich bedanken möchte ich mich bei all jenen, die an der Entstehung des vorliegenden Erzählbandes mitgewirkt haben.

Barbara, Ludwig, Franziska, Theresa vom Hofe, Valerie Grüner und Hedwig Grenyo für das Lesen, Korrigieren und Diskutieren meiner Geschichten. Regina Cienskowsky für die Ideen und guten Ratschläge und ganz besonders Karin Günzel für ihre Interpretationen und begleitenden Kommentare.

Ein großer Dank gilt meiner Lektorin Beate Fischer für ihre Bemühungen um mein Deutsch und der Ausgestaltung des Klappentextes.

FSC
www.fsc.org
MIX
Papier | Fördert
gute Waldnutzung
FSC® C083411

Zeitfracht Medien GmbH
Ferdinand-Jühlke-Straße 7
99095 Erfurt, Deutschland
produktsicherheit@kolibri360.de